MICHAEL ROBERTSON

THE BROTHERS OF BAKER STREET

福爾摩斯先生收II

莫里亞提的來信

FR6514Y

福爾摩斯先生收II：莫里亞提的來信

The Brothers of Baker Street

作　　者　麥可・羅伯森 Michael Robertson
譯　　者　卓妙容
特約協力　黃麗玟
封面設計　蕭旭芳
文字排版　林翠茵

業　　務　陳玫潾、林佩瑜
行銷企畫　陳彩玉、朱紹瑄
總 編 輯　劉麗眞
總 經 理　陳逸瑛
發 行 人　涂玉雲

城邦讀書花園
www.cite.com.tw

出　　版　臉譜出版
台北市民生東路二段141號5樓　02-25007696

發　　行　英屬蓋曼群島商家庭傳媒股份有限公司城邦分公司
台北市民生東路二段141號11樓
讀者服務專線：02-25007718；25007719
服務時間：週一至週五9：30～12：00；13：30～17：00
24小時傳眞服務：02-25001990；25001991
讀者服務信箱E-mail：service@readingclub.com.tw
劃撥帳號：19863813 書虫股份有限公司
城邦讀書花園網址：http://www.cite.com.tw
臉譜推理星空網址：http://www.faces.com.tw
臉譜出版部落格網址：http://facesfaces.pixnet.net/blog

香港發行　城邦(香港)出版集團
香港灣仔駱克道193號東超商業中心1樓
電話：852-25086231/傳眞：852-25789337
email：hkcite@biznetvigator.com

馬新發行　城邦(馬新)出版集團
Cité(M) Sdn. Bhd.(458372 U)
11,Jalan 30D/146,Desa Tasik, Sungai Besi,
57000 Kuala Lumpur,Malaysia
電話：603-90578822/傳眞：603-90576622
email：cite@cite.com.my

二版二刷　2018年7月
I S B N　9789862356715

定價320元 (本書如有缺頁、破損、倒裝，請寄回本社更換)

國家圖書館出版品預行編目資料

福爾摩斯先生收II：莫里亞提的來信/麥可・羅伯森
(Michael Robertson)著；卓妙容譯. -- 二版. -- 台北市：
臉譜出版：家庭傳媒城邦分公司發行, 2018.06
　面；　公分. -- (臉譜小說選；FR6514Y)
譯自：The brothers of baker street
ISBN 978-986-235-671-5 (平裝)

874.57　　107006855

獻給我的三個兄弟
以及我們的父母

致謝

感謝我的編輯瑪夏·馬克蘭、我的經紀人蕾貝卡·奧立佛、爲我代理國際版權的蘿拉·波納。同時也要感謝湯瑪斯·鄧恩出版/聖馬丁出版的凱特·布洛若斯基、伊莉莎白·庫瑞昂、菲爾·馬若尼、海倫·秦和大衛·波帝歐辛·羅茨坦。

1

倫敦，一九九七年秋

一棟坐落在梅費爾區、外觀典雅的愛德華式白石建築裡，房子的主人坐在花園的桌子旁，比往常更期待早餐的到來。

秋高氣爽的九月清晨，花園的玫瑰盛開，香氣比前幾週更濃郁，若不是身在其中，根本難以想像。而在此刻，絕對有足夠的理由相信，今天的早餐一定會比平常更好、更棒。

女傭應該會先端來紅茶和司康餅；滾燙香醇的紅茶，在倒入牛奶後，會如同太妃糖中的香草和焦糖一樣，旋轉起舞。剛出爐的司康餅鬆脆可口，掰成兩半時，可能還會掉下一大堆屑屑，塗上的奶油彷彿落在花園鬆土上的雨，一下子就被吸光。

早餐一定會很棒，因爲再也不用像以前一樣還得配著藥吃。

不用吃藥，就不會噁心想吐；不用吃藥，就不會反應遲鈍：不用吃藥，就可以感受到日常生活中每一份小小的喜悅。

不用吃那堆該死的小藥丸，實在是太棒了！

但令人納悶的是，爲什麼女傭看起來還是在爲送藥而傷透腦筋呢？

幾步之遙的客廳裡，女傭正忙著在銀盤上擺放磁器，準備將早餐端給主人。她非常年輕，幾年前才從俄羅斯移民過來。到英國後，便將原來的名字改成「艾莎」。原因很簡單，因為有個俄國網球明星就叫這個名字，所以至少大家還知道怎麼發音。

她把藥丸也擺上托盤。黃色膠囊治療思覺失調，藍色圓型藥丸用來舒緩因黃色膠囊引起的憂鬱，白色方形藥丸則用來減輕藍色藥丸帶來的噁心，不過效果顯然不彰。還有一粒粉紅小藥丸，據說可以提升其他三種藥的功效，但太過複雜了，沒人對她解釋過。

艾莎受僱來做這份工作時，藥丸已經是主人的每日必需品了。艾莎的主人只比她稍長幾歲。一年前，主人的父母發生車禍雙雙去世，需要有人來打理日常生活。艾莎因而開始負責服侍主人的三餐，備妥藥丸，打掃內外，做做雜事。她盡心盡力的做好分內每一項工作。

但要讓這地方保持有條不紊實在很困難。主人就像一隻貓，不斷從父母家撿些小家具之類的東西帶回來。艾莎算過，至少有五個檯燈、三只花瓶、一架攜帶型的舊打字機，還有數不清的剪貼簿、資料夾和泛黃的舊紙張。艾莎注意到主人開始把部分的東西搬到樓上，詳加研究。

雖然家務難做，但吃藥這事更讓艾莎苦惱。前一陣子主人換了醫生，艾莎對他沒有特別的好感，但是他交代艾莎別再操心那些藥丸的事了，艾莎就試著不再去想。但她來上工的第一天，就被要求每日備妥藥丸。所以不管怎麼樣，她現在仍然繼續把藥丸擺在托盤上。因為對她來說，工作就是工作，該準備的還是要準備。況且，她不清楚英國的規矩，可不想惹禍上身。

她將《太陽報》和準備好的早餐端進花園。艾莎將銀盤放在桌上，主人對她微笑，點點頭。然後，艾莎站在桌旁開始大聲唸出報紙上的新聞標題。

最近幾個星期，讀報已經成了她每天的例行工作。她對自己日益進步的朗讀技巧頗感驕傲。

「『總理呼籲暫緩待審法案』。」艾莎開始讀報。

「跳過。」她的主人回應。

「『哈利王子與未成年少女生下一名私生子』。」

「下一則。」

「『利物浦混混在孕婦面前殺死丈夫』。」

「都不好。第二版呢？」

「只有廣告。」

「第三版呢？」

「一個只穿內褲的半裸女子。要唸內容嗎？」艾莎輕聲竊笑。她現在了解了英國人喜歡使用雙關語的習慣，躍躍欲試的想趁這個機會表現。

「不用了，艾莎。我不關心第三版的女人。讀第四版吧！」

「第四版有兩個標題。」艾莎說。「一個是：『計程車司機令遊客聞之喪膽？』」

報導指出，最近接二連三發生搶劫及非致命攻擊事件，受害者全是古典計程車的乘客。艾莎抑揚頓挫的唸著，聽起來頗爲驚悚，這正是下筆的記者想要營造出來的效果。

「嗯。」可是主人對這些新聞好像都不感興趣，邊聽邊在司康餅上塗起奶油。

「第二則新聞是有關貝格街上的一個律師，他否認自己是夏洛克．福爾摩斯。」艾莎接著說：「報上有他的照片。說眞的，在一般人眼中，他應該算是滿帥的，雖然看起來有點保守。」

主人突然放下塗到一半的司康餅，沉默片刻，然後說：「讓我看看。」

那篇報導只有短短的三段文字。連新聞都算不上，充其量只能說是後續報導。報導的是三十五歲的倫敦大律師雷基．希斯，前一陣子在洛杉磯發生的奇遇。

艾莎看到主人盯著那篇報導很久，雙眼在字裡行間仔細搜索，彷彿除了看得到的文字外，還想從中看出什麼。

「有什麼不對嗎？」艾莎問。

「雖然像霧裡看花，朦朦朧朧的。」主人回答，拿著報紙站起身來，丟下沒吃完的早餐。「但是，我漸漸想起一些事了。」

艾莎沒問主人想起什麼，只是恭順的撤下早餐。她看到盤上的藥丸又是連碰都沒被碰一下，眞希望它們沒有被原封不動的退回來。

2

三天後

「公雁是世界上最專情的。」蘿拉．藍欽曾說。「一旦失去伴侶，牠就不會再接受別的母雁。不管是因為母雁死了，或是在伊比薩島過完冬，北飛返家時偏離了方向，公雁都將維持單身，形單影隻的度過餘生，直到老死。」

這些話是她不久前說的。它其實是個警訊，只是雷基．希斯在當時並沒有意會過來。當雷基將他的捷豹ＸＪＳ從攝政公園南邊轉入貝格街時，那些話又在他腦中浮現。雨下得很大，不是倫敦特有的綿綿細雨，而是狂暴的傾盆大雨，剛好完美的配合了他現在的心情。

雷基到洛杉磯的意外之旅，讓他失去了大部分的財產、律師事務所全部的客戶以及他深愛的女人。（至少他寧願相信，她的離去與在洛杉磯所發生的事情有關。）

他要把失去的一切再贏回來，尤其是最後一項。在他看來，這是他的最終目標，至於其他事情，都只是過程罷了。

但在今天一早，當他開車過橋時，一個謠言傳來；那是他的新祕書從電話那頭傳遞過來警告他的。顯而易見的，對她而言，述說這類壞消息一點也不為難。而那通電話令他吃驚的部分原因是：他從沒想到新祕書居然對他的私生活這麼了解。不過，顯然這些日子以來，全世界的人都對他的私生活相當了解。那些人人都看過的報導，他連碰都不想碰，更別說去讀。但他知道，如今他已別無選擇了。

他將車子轉進貝格街兩百號的停車場，進入多塞特大樓。這棟大樓占據了整個貝格街兩百號的街區，它不僅是多塞特全國建屋互助會總部的所在地，雷基．希斯法律事務所也設立在此。雷基將車停好，他的雨傘擋不住強風暴雨，開始從縫線處裂開。他穿過馬路，來到對街的書報攤。

「《金融時報》嗎？」店員拿出雷基平常買的報紙。《金融時報》上的標題包括了：總理出席在布魯塞爾舉行的經濟高峰會、通貨膨脹和倫敦計程車上裝置衛星導航系統的提案。但他對這些都不感興趣。

「不」。雷基說：「《太陽報》。」

「這星期已經是第二次囉！希斯。開始對八卦新聞感興趣了嗎？」

「不是。是八卦新聞開始對我感興趣了。」

雷基走進多塞特大樓，快步穿過大廳。他試著不去張揚他腋下正夾了一份全世界最低俗的報紙，且盡可能保持神態自若，免得別人一眼就看穿他在刻意隱藏些什麼。

很幸運，電梯裡沒人。雷基踏進電梯，伸手按鈕。

頭版新聞「美國夫妻被殺：古典計程車司機被捕」，他對兩天前發生在倫敦西區的遊客慘事沒興趣，他直接攤開報紙內頁，看到了祕書打電話來警告他的那篇報導。

標題是：「與雀斑小姐在普吉島共度美好時光？」

「該死！」雷基不禁大叫出聲。他完全愣住了，連電梯停住，門打開了都渾然不知。

一位高䠷、迷人、深色頭髮、年約三十多歲的小姐走了進來，站到雷基身旁。可能是多塞特貸款部門的員工吧？

「卡在第三版了，是不是？」

雷基回過神，發現就在他正閱讀的第二版旁邊，竟是全版露點清涼照的固定位置——第三版。

「抱歉。」他邊說邊把報紙闔起來。如果試著解釋，只會愈描愈黑。

「喔，不用管我。」她說，電梯也在此時抵達雷基的樓層。「希望她還算漂亮。」

雷基通常會對這種諷刺回嘴，但今天沒時間了，他直接走出電梯。

「假正經。」女子說道。雷基往走廊走去，但仍清楚的聽到對方不屑的評語。

他走向祕書的辦公桌。他的祕書同時也兼任辦事員，是一個名叫露易絲的五十幾歲女人。把兩個職務合併，主要是基於財務考量，而且，如此一來，祕書就不可能把辦事員的頭打爛了。這種事情發生一次就夠了，他可不希望事務所裡再發生什麼謀殺案。

一看他走近，露易絲就從辦公桌後面「滾」了出來。她胖得跟保齡球一樣，但幹勁十足。雷基甚至想碰碰運氣，盼望初級律師[1]會因爲想看露易絲頗具娛樂效果的反應，而將新的訴訟案拿到事務所來。

但此時此刻，他不想說話。而她握在手裡的那疊紙，看起來也不像是他會想要看到的東西。

「新的訴訟案嗎？」雷基沒有放慢腳步，隨口問她。

「不是。」她高聲的說。「是信，寫給……」

「把它們放到我先前跟你說的地方。」雷基回答。

雷基走進辦公室，關上門，然後把《太陽報》攤在桌上。他順著第二版的標題往下看——跳過一大篇特易購廣告及一個篇幅較小但巧妙自嘲的酵母醬[2]廣告——翻到了背頁，才找到接下去的內容。

「穿？還是脫？」他唸著小標題。照片中，蘿拉．藍欽在普吉島的沙灘上，一位男士不知是正在幫她把比基尼上衣解開，還是要把它綁好。但他接觸的面積顯然比需要的大太多了。報導上以「未指名道姓，但眾所皆知的傳媒鉅子」來稱呼他。

眞是厚顏無恥到極點。巴克斯頓勳爵居然在自家報紙上刊登那樣的一張照片。照片上，他的手正撫摸著蘿拉帶著雀斑的左……

眞該死！怎麼可以這樣！

雷基還是把報導從頭讀到尾。裡面提到，在拍到照片的同一天，當這位呼之欲出的傳媒鉅子，完成幫蘿拉調整比基尼上衣的偉大任務後，就搭乘他眾所皆知的私人飛機，回到位於倫敦的知名傳媒總部。《太陽報》在文章中問道：「這個女子不久後也會跟著回來嗎？」

她會回來倫敦的，雷基心想，但不是爲了那個衆所皆知的該死傳媒鉅子回來的。

雷基抓起他的風衣，走向門口。如果《太陽報》報導的行程正確，這個時候，巴克斯頓應該已經在港灣區上班了。雷基二十分鐘內就可以趕到那邊，幫助勳爵克服時差問題。

正要出門的時候，電話響了，是祕書打來的內線。雷基很不甘願的接起電話。

「你到底想幹什麼？」他對著電話說。

電話那頭的新祕書嚇了一跳，她沉默的幾秒間，雷基回過神來。

「抱歉！」雷基說：「露易絲，有什麼事嗎？」

「有一位瑞佛提先生想見你。」她回答。「他是多塞特大樓租賃部的人。」

一定不是什麼好事情。

「我很抱歉。」露易絲接著說：「他之前打過電話來，可是你進來時似乎心事重重……」

1 solicitor，英國的律師制度中，初級律師只能出席基層法院、提供法律諮詢、辦理非訟案件等等。而且，當事人不可以直接委託大律師，需要透過初級律師才能委託大律師。

2 Marmite，是一種塗在麵包、餅乾上的抹醬，呈黑色黏稠狀，味道鹹腥，略有苦味，其成分是酵母萃取物。

「沒關係。」雷基說：「是我的錯。」

現在他必須選擇。

和租賃委員會派來的特使周旋……

還是到港灣區找巴克斯頓理論。

和一個戴黑框眼鏡的男人討論瑣碎的細節……

還是把奪走蘿拉的男人痛毆一頓，而且出手的理由正當，全英國的法庭都能了解。

答案很簡單。

雷基離開他的辦公室，向走廊尾端的電梯走去，按了下樓的鈕。瑞佛提和租約可以等。巴克斯頓勳爵故意在非必要的情況下，公然碰觸蘿拉的胸部，這件事不能等。

電梯從一樓上來，停在這樓層。門開了。

「希斯，原來你在這裡！」

是艾倫．瑞佛提，一個喜歡穿著昂貴灰西裝，身材瘦小的男人。雷基覺得他有點「拿破崙情結」。他在租賃部職位得到的權力，無疑帶給他部分的滿足。他一手握著一疊文件，一手拿著真空包裝的三明治。

「我還以爲你忘了。」瑞佛提愉快的說：「你還好嗎？希斯。你看起來有點激動。」

「不能等到下午再處理嗎？」雷基問。

「哦，不可以。」瑞佛提回答時，語氣冷靜，臉上露出自信的笑容。「你的租約在這裡，我本來已經在看了。但後來想想還是決定先吃點東西。雞蛋小黃瓜沙拉口味，挺好吃的。我想他們可能改用新配方了。不過，既然我都把合約拿來了，你或許該先跟我到樓上一趟，你不覺得嗎？」

有種不祥的預感。瑞佛提的手上確實握著那份合約，而他的大拇指正用力壓在某個特定章節上。力道之大，大概足以在那兒留下一個永恆的指印。

「我相信不會花太多時間的。」雷基在電梯裡說。然後他們繼續上樓。

除了閃閃發亮的硬木地板和窗戶，頂樓幾乎是空的。多塞特並不是第一個進駐這棟大樓的金融機構；或許他們只是還沒積極的利用它，讓它發揮最大效能。

瑞佛提的辦公室躲在最遠的角落，裡面只有一張小小的桌子和兩把椅子。

「裡面的故事很有趣。」雷基坐下時，瑞佛提對他說。瑞佛提似乎意指雷基仍夾在腋下的那份《太陽報》。

「跟我的租約應該沒什麼關係吧？」雷基說。他猜瑞佛提說的應該是關於蘿拉在普吉島的那篇報導。雷基的反感完全寫在臉上，他把報紙再對折成一半，將它塞進外套口袋。

「我不是指今天的報紙。」瑞佛提回應。「三天前的。不過你可能沒看到。你可以看一下。」

瑞佛提從抽屜拿出一份三天前的《太陽報》，翻到他提到的部分，把它交給雷基。雷基看了一下。

標題是：「貝格街的瘋狂大律師」。

他已經讀過那篇誇大渲染的文章。大部分是不實報導，但還不致構成毀謗。內容寫的是三個星期前，雷基在洛杉磯的悲慘遭遇，以及那些寫給夏洛克．福爾摩斯並引發整件事的信。至今，這樣的信仍持續寄到雷基位在貝格街的事務所。

「這是舊聞了。」雷基說。「對那篇報導，我也很不高興，可是刊都刊了。」實際上，《太陽報》刊了好幾篇關於這件事的報導。他曾經考慮打電話向記者抱怨。但是直覺告訴他，跟八卦報紙的記者抱怨只會自討沒趣。

「你要原諒我沒能趕上報導的進度。」瑞佛提說。「我其實是昨天才看到的。」

瑞佛提用期待的眼神看著雷基。

雷基也用期待的眼神回應他。

「所以呢？」

「噢，是的。」瑞佛提接著說：「它確實跟你的租約有一點點關聯，你同意吧？」

「我想你必須說得更清楚一點才行。」

「當然。」瑞佛提說。「我都準備好了。讓我瞧瞧……對了，就在這裡，附錄G，第3d條，第2a款。你要看看嗎？」

雷基早就知道第2a款說些什麼。他清楚明白的知道，因此他自從回到倫敦之後，就刻意避免給瑞佛提機會來展開這場對話。

現在最好的作法，就是假裝不知道。於是他拿起文件。

「承租人的附帶責任。」雷基大聲的唸出來。

「指的就是你。」瑞佛提好心的提示。

對於他的提醒，雷基裝出感謝的表情。瑞佛提將身體稍微靠向椅背。雷基讀著條款，但並未照瑞佛提期望的那樣大聲唸出來：

下列簽名的承租人已被告知，並且明瞭下列種種敘述。多塞特大樓位於貝格街二百號。一直以來，世人皆知的小說人物夏洛克・福爾摩斯的住所坐落在這個地址。寄給上述小說人物的信件，會被送到多塞特大樓的二樓。身為這個樓層的主要使用者，即承租人有責任以制式回函（見附件一）每天回覆寄來的上述信件。在任何情況下，承租人都只能用制式回函回覆信件，絕不可以使用其他方式。

如果下列簽名的承租人違反上述規定，或無法按時履行上述責任時，租賃關係即刻終止，未履行的租期之租金必須立刻繳清，且承租人必須馬上搬離現址。

「賠償方式似乎有點太嚴苛。」看完之後，雷基說道。

「哪部分？」瑞佛提無辜的說：「是租約的終止？還是立即付款……」

「全部，全部。」雷基回答。

「哦，可是當時你確實簽名了，不是嗎？」瑞佛提問。「不過還有一件事，就是現在收到的信。」

「我答應你，我絕不會再為了那些該死的信，突然飛到美國或其他地方。事實上……」

「事實上，你回來以後，連一封信都沒回過。這是你想要說的嗎？希斯先生。」

「嗯……是的。」

「我們無法容忍這種情形發生。」

「我們？」

瑞佛提清了清喉嚨，頭一次露出猶豫的表情。「委員會。」他說。

「我以為所有內部租賃的事務都由你負責。原來還有一個租賃委員會？」

「嗯，是的。是有個委員會。」瑞佛提猶豫了兩秒，繼續說：「重點是，如果沒有其他違規的事發生，我相信，我們可以將你違反『郵件處理』的事當成單一事件，甚至原諒你。注意聽好，只要……」

「只要什麼？」

「只要你重新開始回覆那些信件。我的意思是說，做你本來就該做的事，負起條款裡提到的責任。」

「你的意思是，你們最大的不滿不是我為了那些該死的信去了趟美國，而是，從我回來之後，都沒回那些信？」

雷基有點激動的問。面對那些信，實在很難保持冷靜。要不是因為之前的那些信，他弟弟奈吉就不會跑去洛杉磯，雷基也不必追去，洛杉磯的事情就都不會發生了。雷基也就不會覺得自己有責任舉發一家電影公司的惡行，更何況這家公司還是他自己透過倫敦勞氏保險[3]投資的。當然，他就更不可能落到現在這種經濟狀況搖搖欲墜的地步，以致初級律師們因爲害怕事務所有可能倒閉而不敢來。

當然，做好事是要付上代價的，問題是他並不想做什麼好事啊！他不過是做了非做不可的事，所以代價不該那麼大才對。

但那都是過去的事了。瑞佛提繼續說：「不是只有幾封信，希斯先生。根據清潔女工的估計，現在至少堆了五十封以上的信沒有回。我們不滿的原因有兩個：一，你私下去找其中一個寄信人；二，你回來之後，其他的信件一封也沒回。」

「所以，你是說你們可以原諒那件事情，如果我再開始回覆信件的話。」

「我們可以原諒那件事情，沒錯。但是，絕不允許再次發生。而且你必須馬上重新開始回覆新的信件，按照我們規定的格式。」

「喔，這可能會花一點時間。我弟弟現在還在美國，沒有人可以……」

「馬上，希斯先生。就算你得親自上陣舔郵票，你都要做。」

雷基乞求的看著瑞佛提。瑞佛提臉色變白，但沒有讓步。

「馬上。」他再次堅持。「你已經落後至少兩個星期了。」

雷基耐心的微笑。有時你可以規避合約中的某些細節，有時你就是沒辦法。

3 Lloyd's of London，原本是貿易商與保險商聚會的場所，而後逐漸發展成保險業務中心。目前此機構為英國主要保險市場及全球再保險市場之一。

「就這麼辦。」雷基站起來，居高臨下的對瑞佛提說：「我會著手處理的。」

雷基離開租賃辦公室。他一邊向電梯走去，一邊拿出電話打給還在洛杉磯的奈吉。當然兩地間有時差，但現在雷基根本不在乎這些。

電話響了兩聲，有人接起來。

「幾點了？」奈吉問。他的聲音聽起來還迷迷糊糊的。

「快中午了。」雷基回答。

「對你來說，也許是。」奈吉低聲的說。「可是現在這裡是……是……我也不知道現在到底幾點了？不過外面還是黑漆漆的，連瑪拉都還在睡覺。」

「我需要你幫忙。我會用快遞寄一個包裹給你，明天就到。你要把裡頭那些該死的東西都回了。」

「什麼該死的東西？」

「信。」

電話另一端的奈吉停了幾秒。

然後他說：「你是指**那些**信？」

「是。」

「你告訴過我，永遠都不要再碰那些信。」

「你做總比我做好。」

雷基聽到奈吉先笑了幾聲，然後停了一會兒。很明顯的，他正在考慮。

「好吧！」奈吉答應。「但是，你要付郵資。」

「當然。」雷基說。

雷基掛上電話，走出電梯，到奈吉的辦公室拿信。

奈吉用來存放未處理信件的籃子還在。那是故意留下的，因爲雷基不希望那些寄給夏洛克．福爾摩斯的信堆進他自己的辦公室。他不希望露易絲將新訴訟案和初級律師送來的新案件說明跟那些信混在一起，甚至一個不小心將信放進他的辦公室。當然，前提是，如果還有新案子進來的話。

而且他也不希望有人亂動那些信，讓他的事務所惹上新的麻煩。

露易絲順從的遵照指示，一收到信，就放進籃子裡，然後立刻離開。可惜她爲了幫雷基省時間，已經將每封信都拆了。所以，現在所有的信全躺在那兒，字面朝上，從籃子裡瞪著雷基。

他讀了最上面的那一封。

那是一封求婚信。寄信人是一位在玻利維亞的九十歲老婆婆。而且還只是封測試性的求婚信：首先，她想要確認夏洛克．福爾摩斯先生是否還活著？如果還活著，他是哪個世紀出生的？

雷基在那瞬間突然很想給她回封信，告訴她不要抱持任何希望，因爲福爾摩斯先生不但生於上個世紀，而且他對較年輕的女人不感興趣。

但轉個念頭，或許就讓她抱著一線希望吧！而且，說實在的，他一點也不想碰那些信。

最主要是累積的信實在太多了，它們從籃子裡滿到地板上，難怪清潔女工會氣到向瑞佛提打小報告。

雷基開始動手收拾信件。在收的時候，他盡可能做到視而不見。什麼都不知道，才是上上之策。

他找了一個最大的紙箱，把信全塞進去。

信把紙箱塞得滿滿的。過程中，有一封信掉到書桌下。因爲在很裡面的位置，雷基知道他必需移開椅子，趴到地上，才能搆得著。

時間緊迫，沒辦法管那麼多了。這時，露易絲站在門口。

「有電話找你。」她說，看起來明顯不安。

「是嗎？」雷基回答。

「是一個記者，《太陽報》的艾瑪．史巫普。她想知道你對那篇報導有什麼看法？就是蘿拉在普吉島和一位沒被指名道姓的男人……我是指那篇有張照片，那個男人把手指頭放在蘿拉的左……我是說那篇，就是她的比基尼上衣……」

「艾瑪．史巫普。」就在露易絲繼續嘮叨之前，雷基咬牙切齒的說。「爲什麼我覺得我聽過這個名字？」

「她就是持續報導你在洛杉磯發生那些事件的記者。」

「你一定覺得我上輩子對她做了什麼壞事。」雷基說。他狠狠的在紙箱上迅速而用力的打進三根釘書針，所用力氣之大，遠超過實際需要的力道。

他抱起沉甸甸的紙箱，放到露易絲伸長的雙手。

「隔夜快遞。」雷基指示。然後，他努力而自制的說：「告訴艾瑪．史巫普，我會把我的看法親自送到她老闆那裡。」

雷基下樓，坐進捷豹。輪胎發出刺耳的摩擦聲，他加速開離停車場，朝港灣區駛去。

羅伯特．巴克斯頓勳爵目前的事業版圖，包括一座在洛杉磯的電影製片廠、一家在墨爾本的音樂發行公司和賽艇推廣中心，以及一家位於紐約的出版社，但《太陽報》還是最重要的一部分。雷基一轉進瓦平高街，大老遠就看到它的大招牌。這家八卦報紙的總部如此招搖，招牌大到在一哩之外就清晰可見。

巴克斯頓新建好的總部非常龐大。大到不管它實際要做什麼，都不可能用得著這麼大的空間。在巴克斯頓之前，這地方原屬另一位更成功的出版鉅子，但他的總部也沒這麼大。雷基非常確定，巴克斯頓將自己的王國建在這裡，唯一的目的就只是炫耀。

總部外有一座十呎高的圍牆。入口處設有精密的檢查哨，甚至可以偵測武器。

雷基告訴警衛自己的姓名。警衛通報後幾分鐘，巴克斯頓辦公室的人（或許是巴克斯頓本人）告訴他雷基可以進去了。雷基走進去。但他的手表和車鑰匙，卻兩度讓偵測器鈴聲大作。

雷基迅速穿過內院，進入主建築物，搭電梯上到最頂樓。

巴克斯頓的私人辦公室是雷基事務所的三到四倍大。擁有可以鳥瞰泰晤士河的大窗戶、天窗，還有會發光顯示出不同時區的巨型電子世界地圖，以及比皇家植物園裡還多的室內灌木。

巴克斯頓的年齡及身高都和雷基差不多，但稍微胖了一點。聽到雷基進來，他從窗戶邊轉頭。

「希斯，真高興見到你！近來好嗎？」

「把你的手伸出來。」

「什麼？」

「請把你的右手伸出來。」

「這隻手嗎？」

巴克斯頓伸出他的右手。雷基將《太陽報》翻到有隻手在蘿拉胸部的那張照片。照片裡嫌疑犯的右手無名指戴了一枚俗氣的紀念金章戒指，和巴克斯頓手上的一模一樣。

雷基看了看照片，看了看巴克斯頓的手，再看了看巴克斯頓。

「謝謝你！」雷基說。「我只是想確認一下。」

巴克斯頓看了看雷基，看了看照片，再看了看雷基，然後露齒微笑。這微笑可是一大錯誤啊！

「陽光讓她的雀斑看起來好明顯，你不覺得嗎？」巴克斯頓說。

雷基猛然給巴克斯頓一記右勾拳。在學校的時候，右勾拳是他最厲害的絕招。即使現在，他仍然揮得乾淨俐落。

當巴克斯頓向後跌到一個橡膠樹盆栽上時，突然有鎂光燈閃了一下。雷基回頭，一個《太陽報》的攝影記者就站在洞開的門口。

雷基推開攝影師往外走，鎂光燈仍然閃個不停。

當雷基走出建築物時，保全人員並沒有把他攔下來。他也不認爲他們會把他攔下來，如果巴克斯頓還有一點自尊的話。

雷基坐進車子裡，鎂光燈的殘影還在眼裡閃爍，血液裡的腎上腺素慢慢褪去。這時他才發現自己犯下了一個天大的錯誤。

很明顯的，記者是巴克斯頓早就安排好的。雷基不偏不倚的掉進他的陷阱裡。明天早上，他又會在《太陽報》上看見自己不符律師規範的失常行爲。

雷基將車開回貝格街，愈想愈覺得自己眞是愚蠢。他右手第二、第三、第四指的關節開始瘀青變藍。關上捷豹車門的動作，讓他腫脹的手又碰撞了兩下。進入多塞特大樓時，又被厚重的玻璃門敲了一下。

他快步走過大廳，希望不會遇到任何人。

他在電梯裡又遇到了早上那位高䠷的褐髮美女。

他看見她很快的斜瞄了一眼他指關節上的瘀青，然後聳聳肩，移開視線。當然，現代的倫敦成熟女子不會欣賞這種野蠻人的行爲。在現實世界裡，拳擊技術的價値遠遠比不上一艘豪華遊艇。

過去十五年的律師生涯，是他生存的全部價值。在他事業岌岌可危之際，還想再贏回蘿拉，雷基只覺得希望渺茫。

她怎麼可能會尊敬一個幾乎一無所有、又什麼都做不好的男人呢？更何況他也早過了說自己未來還有潛力的年紀。

電梯門一開，雷基試著停下思緒，順著走廊快步走向他祕書的辦公桌。

雷基走近露易絲時，察覺到她的情緒十分亢奮，簡直激動到幾乎要從椅子上跳起來了。

「來了一個新客戶。」她說得像是奇蹟發生似的。

目前的近況來說，雷基不得不承認這還真是個奇蹟。

「在哪裡？」雷基看著他辦公室外空空的訪客座椅。

「我的意思是你就快要有新客戶了，初級律師就在裡面。」她指指雷基關著門的辦公室說：「讓她在裡面等沒關係吧？她叫妲拉．芮妮。我不希望……你知道的……讓她跑掉。」

「做得好。」雷基露出淺淺的微笑說：「絕不能冒險。必要的話，把門也鎖起來。」

露易絲沾沾自喜的回到位子，雷基推開他辦公室的門。

房間裡光線昏暗。很明顯的，露易絲敢趁他不在時，隨便讓人進入他的辦公室，但卻不敢擅自開燈。雷基辦公室裡有兩張背著門、面向書桌、又深又高的酒紅色皮椅，環型把手的設計希望能讓客人感到既有力又安全。從門口看進來，根本看不到有沒有人坐在那兒。所以雷基不禁懷疑他的新進員工是不是搞錯了。

這時，雷基右手邊的椅子傳來了一個女人的聲音。

「你的職員讓我進來了。請不要責怪她，是我堅持要進來的。希望你不會介意。」

她並沒有從椅子上站起來。因此，雷基只能看到一雙勻稱玉腿的下半部。她穿著肉色絲襪，看起來柔順透亮，就像她的聲音。

雷基繞過書桌，走向座位，以便看見她的臉。他的腋下仍夾著《太陽報》。他繞過桌子時，偷偷摸摸的把已經變得破破爛爛的報紙扔進垃圾桶。

「我是雷基．希斯。」他說。當他看到她的臉時，不由自主的改變了聲調。「有什麼我可以爲你效勞的？」

那一頭烏黑亮麗的鬈髮，襯托出白皙透亮的皮膚。她的一雙綠色眼睛，和蘿拉的溫暖橄欖綠不一樣，是一種晶瑩剔透的綠。她戴著一副既不美麗也不時髦的鑲金圓框眼鏡。雷基一看就知道那不過是讓她看起來比較老成的道具。

她的體型嬌小，一身深綠色的毛料套裝讓她看來簡直像個小精靈。又深又高的皮椅幾乎吞掉她整個人，只露出一小截腿。她傾身子向前，開口說話。

「午飯？」她說，然後微笑。「我是妲拉。我待會兒會向你說明我當事人的狀況。不過事有輕重緩急，我覺得我已經很久沒好好吃一頓了。」

以皮膚的狀況判斷，她應該才二十出頭。但她聲音中透出的精明練達，讓雷基又再幫她加個幾歲。

「你『好好吃一頓』的定義是什麼呢？」雷基問。從她的外表看來，他覺得「好好吃一頓」八成是指波托貝洛蘑菇沙拉加菠菜、握壽司，或者是一小塊特選放山雞。

「只要是油炸的都算數。」妙齡女子回答。

3

雷基和剛認識的初級律師坐在馬里波恩炸魚店的塑膠椅上。這裡的炸魚和薯條或許不是全倫敦最好吃的，但絕對是離事務所最近的。不過妲拉似乎並不在意好吃與否。空氣裡瀰漫著醋酸油炸味，她卻看來十分享受其中。

她一邊將食物整個浸入沾醬裡，一邊說：「我的當事人是個古典計程車司機。我想請你擔任他的刑事訴訟律師。」

「罪名是什麼？」

「強盜殺人。」妲拉回答。然後她停下來，急切的咬了一大口炸魚，才滿足的嘆了口氣，靠向椅背，擦擦嘴巴。她回視雷基的目光，淺淺的微笑。

她接著說：「一對從美國來的觀光客夫妻，在倫敦西區看完表演後遭到搶劫謀殺。屍體在數哩外被發現。」

「我好像在報紙上看過。」雷基說。

「真的？我太忙了，還沒看過。不難想像它會上報。但是對事務所來說，見報未必是件壞事，不是嗎？」

「不一定。」雷基說完，隨即沉默了一會兒。讓他猶豫不決的原因，並非是這個案子倍受矚目。而初級律師似乎也查覺到了。

「我相信我的當事人絕對是無辜的。」妲拉說。「我不會用大律師一定要遵守的『不得拒載原則』[1]來要求你一定要接這個案子。如果你跟他談過後，也覺得他是清白的，你再接。」

她的讓步並非多了不起。雖然明文規定大律師就像排隊候客的計程車一樣，不得挑客，但眞要規避，也不是太難的事。

「很合理。」雷基說。「但爲什麼找我？」

「首先，我知道你最近並不太忙，希斯先生。」

「你說什麼？」

「我是指你沒什麼新案件。而且我的當事人財力有限，請原諒我這麼說，但他眞的負擔不起一流的刑事律師費用。」

「我明白了。」雷基說。「雖然我不同意你的說法，不過你應該知道，最近幾年，我沒接多少刑事案件。」

「據我所知，最近幾年都沒有。」妲拉說：「不過，你很久以前辦過的幾件都非常成功。」

「你的意思是：所有我辯護的案子都得到勝訴嗎？」

「我就是這個意思。沒關係，希斯先生，眞的。我知道你在擔心什麼。你從未輸過任何一場官司，即使你最後一個被告事實上有罪，你還是贏了。」

雷基一聽便把身體靠到椅背上，惡狠狠的瞪了她一眼。但她還是繼續往下說。

「我不想冒犯你。只是，這在司法界是衆所皆知的事。一位表現優良的退休警官，被指控在離婚時殺了他的太太。他發誓自己是無辜的，但檢方卻被媒體牽著鼻子走；在沒有事證支持下，檢方提起告訴。他們的證人並不可靠。你在法庭上，把他們殺得片甲不留，最後是以不起訴結案。然後，這個被控謀殺老婆的退休警官馬上趕回家，把他的岳母也一併殺了。」

這時，她停下來，看著桌子另一端的雷基。他回視她。

「在這點上，我的確無能爲力。」他說。

「你因此不再接觸刑事案件。」

這是眞的，她說的完全正確。他後來轉戰企業界。至少在企業界裡，幫客戶辯護成功後才發現當事人眞的有罪，後果比較沒那麼沉重。但是對司法界坦承這樣的顧慮，並非上策，更何況他也不想這麼做。於是他只輕輕的朝她點點頭。

1 cab rank rule，亦稱不得拒聘原則。原是指計程車在招呼站排班時，不得挑客人，也不得拒載。英國大律師專業守則引用此原則，要求執業大律師除非有利益衝突，否則在案件當事人能付出適當費用的情況下，大律師必須摒棄自身對當事人或其訴訟原因的好惡，代表其出庭。這是為了避免有人因不受歡迎而無法找到法律代表。

「如果所有的律師都跟你有一樣的顧慮，那麼法律制度何在，希斯先生？」

「每個人都有權聘請最好的辯護律師。」雷基說。「但不代表每個人都可以聘用我。」

妲拉淡淡的笑了，然後說：「在我看來，你就是這個意思。但是，很明顯的，你已經爲你的顧慮付出了代價。」

「什麼意思？」

「只要看看你現在的樣子就知道了，希斯先生。只有一個祕書兼辦事員，沒有資淺的律師爲你處理瑣事，也沒有學生要來你這兒實習。在祕書或你的桌上我沒有看到其他的訴訟案。你的架子上也是空的。可是在倫敦，被控告的人並不少。如果不是拒絕接手你認爲當事人有嫌疑的案子，你的事務所不會陷入現在的困境吧？」

雷基要解釋的話都已經來到嘴邊，可是卻停了下來。這倒是滿新鮮的。看來，她是唯一一個在倫敦不看八卦報紙，也不知道那些報導對他事務所造成多大影響的人。

他只是聳聳肩，當成回應。

「好。」她說。「你不用擔心。我的當事人絕對符合你嚴格的要求，他是無辜的，也因爲他是無辜的，我才能幫他找到最好的律師。以我的標準來說，就是你了，只是我希望你能給他一點折扣。」

雷基現在手邊並沒有其他工作，這個初級律師也很清楚這點。

「我會跟我的職員確認一下。」雷基還是虛張聲勢的回答。他停了幾秒，然後說：「我需要先看看審前檔案，和你的當事人見面。除此之外，我無法承諾什麼。」

「當然。」妲拉說。「他叫尼爾．沃特斯。他現在在蕭地奇警察局。你下午能去見他嗎？」

「可以，我想沒問題。」

「太好了。我下午另外有約，不過我的當事人，不用說，一定會在那兒。」

她起身，伸出手來，雷基和她相握。她握得比一般禮貌性的握手時間略久一點。「你跟我想像的一模一樣。」她說。然後她放開他的手，再露出一個微笑，在雷基還來不及發問之前快步走出餐廳。

當她沿著馬里波恩高街往下走的時候，雷基發現自己的心跳得好快。一部分原因是他非常需要新的案件。

另一部分原因則是這個年輕的女律師很……嗯，算了，用不著再往下想，想多了是爲自己找麻煩。

雷基回到貝格街的事務所，拿了妲拉留給祕書的相關資料。他在辦公桌後坐下來，打開資料袋，裡面有她做的案情摘要，還有加了她手寫批註的警方報告。她的字跡十分娟秀。

歸納出的重點是：

一對從休士頓來的年輕夫妻，第一次到倫敦旅遊。他們在柯芬園看完早場表演後，接著到附近的酒吧消磨了幾個小時，想要體會英國的酒吧文化。他們在十一點之後離開。根據目擊者描述，他們離開時，兩人都已酩酊大醉。

酒保特地幫他們攔了一輛古典計程車，並確定他們上了車。他認爲，在倫敦這是讓他們安全回飯店的最好方法。

那是最後一次有人見到他們。隔天早上，他們的屍體在切爾西外圍洛茲路的廢棄發電廠外的泰晤士河泥濘水渠中被發現。她的皮包、首飾，還有他的錢包、勞力士表都不見了，但旅館的鑰匙還在他的口袋裡。蘇格蘭警場循著這個線索查到他們住的飯店、他們去的酒吧，以及對雷基潛在客戶最不利的證據：計程車牌號碼。不但酒保堅稱他記得，切爾西的兩個目擊者也聲稱在案發前看過。

他們的推論是，凶手把美國夫妻載到廢棄發電廠後方行搶，但過程失去控制：大概是丈夫反抗。於是，凶手抓住丈夫的頭，重重撞上水泥防波堤的邊緣，先將他殺死，然後掐死太太。最後把屍體丟入泥濘的水渠。

或者說，根據現場勘驗的結果，員警相信情形就是如此。

員警已經搜索過計程車司機的家，並沒有發現任何相關的證物。

他們也將計程車裡裡外外搜查過，同樣也沒找到任何證據。沒有受害人的個人財物、沒有血跡或扭打的痕跡、沒有任何蛛絲馬跡可以證明這輛計程車曾經到過犯罪現場。

要是司機沒有在警方扣押車子之前的那個早晨，將車子送去徹底清洗，這些證據就會更具說服力了。雷基知道，光是洗車這件事就會讓人覺得可疑。但是雷基的潛在客戶握有清洗的收據，並且報告中還記載他宣稱「這不過是每星期都會做的例行公事」。

就是這樣。雷基起身走到窗邊，看著下面的貝格街，把整件事情再仔細想過。

檢方的起訴主要建立在目擊證人的證詞上。對於車牌號碼，共有兩個獨立的證詞，而且雙方陳述彼此吻合。先不管雷基有多需要這件案子，在讀了他們的陳述後，他的第一個想法也是覺得被告可能眞的有罪。

但是，當然，這只是看完檢方報告的想法，根本毫無意義。至少在他和潛在客戶談話前是這樣。

雷基拿了外套，離開辦公室。剛好遇見露易絲手裡拿著一封信從祕書櫃檯走過來。「我在奈吉的書桌底下找到這個。」她說：「我想你眞的應該要看一下。」

雷基把信接過來。對於早先將它留在桌下，讓露易絲或清潔女工來處理，他覺得有些愧疚。他看了一下那封信。

信是用打字機打的，而且顯然是一架非常古老的打字機。這讓它看起來十分與眾不同。信上並沒有寄件人地址。雷基拆開信，信上寫著：

親愛的福爾摩斯先生：

我不會上當的。

你從雷清貝瀑布掉下來，還能活著，我一點也不意外。

華生醫生的出版經紀人對來世的興趣終究會引導他走上低溫生物學的研究。（他一定是煞費苦心才能將成果隱藏得這麼好吧？）在他將這些資料都交給你之後，你假裝退休待在薩塞克斯，實際上卻是全力投入這項極端的科學知識中，將研究進一步發展在應用上。你會這麼做，我絲毫不覺意外。

我也猜到，等時機成熟，你就會運用這些知識讓自己復活，活在一個你覺得更文明，卻仍然充滿智力挑戰的時代。

我不知道你復活的確切時間。但我可以確定，你會發現今天的倫敦的確符合「充滿智力挑戰」的描述。但對於所謂的文明，卻還是很令人失望。

我知道你現在看來像一個自私自利的律師，但那不過是你的偽裝。

我不會受騙的。我一定會幫祖先報仇。我一定會將你最珍愛的東西從你身邊奪走。

你謙遜的敵人　莫里亞提　敬上

「自私自利的律師。」聽起來眞刺耳。而寫信的人好像認爲他同時在跟雷基．希斯及夏洛克．福爾摩斯交流。這倒很稀奇。因爲他收到的信全是寫給夏洛克．福爾摩斯的，從來沒有例外。

但寫信來的人，如果不是小朋友或外國人，就幾乎都是惡作劇。只有他弟弟才會認眞看待這種事，他可不會。更何況雷基已經在這封信上花了太多時間了。

「只是個惡作劇。」雷基說。他把信還給露易絲。「把它和其他的信一起寄給奈吉。」

雷基搭電梯到大廳。他把自己的車留在貝格街。因爲現在那輛捷豹XJS的底盤即使只是駛過小坑洞，也會發出怪聲。他攔了輛計程車，前往蕭地奇警察局。

4

警察局和相鄰的地方法院坐落在東區最老舊的一角。雷基在雙親過世後，就很少到這一區來。但這裡是他熟悉的地盤，也是他長大的地方。當計程車轉過最後一個彎，進入老街開向警察局時，車子離他小時候住的房子還不到半哩遠。

他們經過一輛載滿鷹架、停在路邊的卡車。雷基想起好多年前，他曾和爸爸、奈吉共同油漆了蕭地奇高街附近某個街區的所有公寓。當時雷基已經十七歲。那是他幫父親工作的最後一個暑假。

在他憑著獎學金進入劍橋的那個夏天結束之前，他已經可以爬到十六呎高的兩段式伸縮梯頂端，一隻手托著一加侖的油漆，另一隻手漆著房子的封簷板。在當時，他為自己的力氣和平衡感自豪。雖然之後，他就再也沒試過那個本領。他記得自己從未灑出一滴油漆，除了那次奈吉站在正下方扶著梯子挑剔雷基的技術，導致他「不小心」將整加侖油漆全翻倒之外。

多麼棒的夏天啊！他會這麼想，不只是因為奈吉花了兩個月還沒將頭髮上的油漆清乾淨，而是那是最後一個快樂的夏天，因為他父親在同年的十二月去世了。想到這些往事，雷基心裡還是很激動。

這時，計程車停了下來。雷基下車走進蕭地奇警察局。

這個地方外觀老舊，幾乎可算是歷史古蹟，但會議室裡漆著據說可以讓人心情平靜的淺綠色油漆，擺著塑膠椅子，整體看來還算正常。雷基挑個位子坐下，等待警衛把被告帶來。

過了一會兒，警衛押著尼爾．沃特斯，一個身材壯碩、二十多歲的白人男子進來。雷基示意他坐下來。

「我是雷基．希斯。你的初級律師向你提過我嗎？」

「有，她告訴我你很厲害，也說你可以救我，而且你不會讓我傾家蕩產。」

「我們很快就會知道是不是像她說的那樣了。」

「那很好，因爲我一無所有。」

「你的意思是你沒有房產？」

「對，我在斯特普尼租房子住。」

沃特斯帶著東區特有的口音說。雷基在大學時已經改掉這個口音了。他覺得，只要他願意，隨時可以再變回來。他並不覺得東區口音刺耳，只是那總讓他想起童年、他的父親以及他的成長。

沃特斯身高超過六呎，和雷基差不多。臉上的表情看起來既困惑又挑釁，此外雷基無法看出什麼別的訊息，因爲通常一個勞動階層的年輕男子——不管他有沒有罪——第一次被逮捕時，都差不多是那種表情。

「告訴我事發當晚的情形。」雷基說。

「不是我做的，希斯先生。」沃特斯說。

「了解。但告訴我當晚的事。那天你值班開車嗎？」

「是的。」

「從幾點開始？」

「從早上十點開始。回到家時，已經快晚上十二點了。」

「聽起來很辛苦。」雷基說。

「我平常的工作時間就是這樣。主要的收入來自早晚的通勤客，但每個司機都想分杯羹。我還是個新手，只好盡可能把工作時間加長，有招呼站就去排。」

「所以對你來說，那天和平常沒有兩樣？」

「對，那天還不錯。我跑了二十趟車，都沒走錯路。」

他驕傲的說。

「司機會記錄這種事嗎？」雷基問。

沃特斯聳聳肩。「我會。」

「你回家之後，有人看到你嗎？你出去過嗎？買東西？有朋友來？」

「沒有。我的意思是，偶爾星期六我會邀年輕女孩回家。我很行的，如果你知道我在講什麼。」

雷基提醒自己，如果案件進入審判程序，沃特斯要避免這類的自吹自擂，否則陪審員可能會開始推測，是什麼原因讓搶劫演變成暴力致死？

但前提是，雷基決定要接這個案子的話。

「你單身，獨居。事發當晚沒人和你在一起？」

「對。」沃特斯回答。但他似乎覺得自己該再說些什麼，於是一臉誠懇的傾身向前。「我沒有不在場證明，希斯先生……但，眞的不是我做的。」

「你知道爲什麼員警認爲是你嗎？」

「因爲我是開古典計程車的？」

「因爲你是開古典計程車的，而且證人指出的車牌號碼是你的。」

「可是那時我在倫敦的另一頭，正開著車要回家，不是嗎？我不可能在他們說的那個時間犯案。我在東區，正要回家。」

「有任何人可以幫你作證嗎？當時車上有乘客嗎？」

聽到問題，沃爾斯特露出訝異的表情。

「在那麼晚的時間去斯特普尼？我的鄰居，沒人會搭計程車回家，希斯先生。我們可不是律師。」

雷基微微的點頭。

「我沒有冒犯的意思。」沃特斯急忙幫自己解釋。「只是，住在那裡的人根本坐不起。」

「是。」雷基說：「我了解。」雷基沉默了一會兒，沃特斯以爲這是在暗示他多作些說明。

「希斯先生，從小我就想當個古典計程車司機，沒考慮過其他的工作。告訴你，要當上古典計程車司機並不容易。」

「怎麼說？」雷基問。

「首先，要學習相關的知識，每三個月要跟刁難人的審查員面談，還要去古典計程車學校上課，搞清楚所有的路線以及什麼時間該走哪條路。要知道城市裡每家酒吧、戲院和法庭的位置，而且不能光靠地址，照客人的描述就要知道怎麼走！還要知道開到那邊的車資是多少。」

「聽起來不太容易。」雷基說。

「確實如此。」

「你都沒有想過這麼大費周章眞的值得嗎？」雷基說。

「喔，絕對値得。不是每個人都能成爲古典計程車司機的，希斯先生。就算有能力，也不見得可以執業。至少在通過層層考驗、加入團隊之前，是不行的。」

說到這裡，他頓了一下，不知道爲什麼，他鼓起了勇氣。

「或許，和成爲一個大律師有點像。」

「不對，一點都不像……」雷基停了一下。「嗯，我猜如果所有的司機學徒爲了增進同事情誼，防止新手跳槽，也被迫在一起吃很多頓飯。那麼，你就說對了。確實和要成爲一個大律師一模一樣。」

計程車司機一臉驚訝的望著雷基。

「他們要你們一起吃飯？」

「是的，在剛開始的時候。不止是吃飯，還要交談。」

「聽起來不太容易。」沃特斯說。

「是不容易。」雷基回答。

「但是之後，你們就坐領高薪了。」

「有時候。」雷基說。

這時，沃特斯面有難色的說：「我的財產有限……」

「你的初級律師跟我說了。」雷基說。

「我的古典計程車還有十年的貸款要付。」沃特斯說：「加上計程車學校的學費和輕型機車的錢。」

「輕型機車？」

「你不會想要用走的來搞清楚所有的路線，一輩子都走不完的。如果是開車的話，光是油錢就很可觀了。」

「所以你買了一輛輕型機車？」

「是的，每個人都這樣。」

「你在計程車和機車上，欠了很多錢？」

「是的，還欠計程車學校。」

「知道了。」

「有問題嗎？」

「檢方會覺得你有動機。」

「爲了幾塊錢，就把人殺了？很爛的動機，不是嗎？」

「我同意。」

「再說，我已經還了一部分了。是我爸爸的錢，他死後留給我的。數目不大，是他省吃儉用留給我的。爲了這個目標，爸爸比我更努力工作。」

「他也是古典計程車司機嗎？」

「不是，他是個油漆師傅。」

「眞的？」雷基坐回椅子。

「是的，他當了一輩子的油漆師傅。你知道他的手臂多強壯嗎？他可以一隻手刷油漆，另一隻手輕鬆托著滿滿一加侖的油漆呢！」

雷基沉默了一會兒，打量他的當事人。他喜歡沃特斯的父親是個油漆師傅這點，但他不喜歡巧合。

話說回來，油漆匠在東區是個很常見的工作，所以沃特斯的父親和雷基的父親同行，也沒什麼好驚訝的。

沃特斯卻誤將沉默當做雷基認爲剛剛說的話，沒什麼大不了的。

「你知道當你必須像這樣拿著一加侖的油漆好幾個小時，那會有多重嗎？」沃特斯一邊說，一邊手掌朝上的彎著他的左手臂。

「是的。」雷基說。「我完全了解。」

「我父親告訴我那不是什麼好工作；將來不是被油漆的味道薰死，就是從梯子上掉下來摔死。他告訴我，一定要找個更好的工作。」

雷基點頭表示聽懂。他並沒有其他的意思，但沃特斯似乎以爲他有弦外之音。

「你父親也這樣跟你說過嗎？」他問。

「是。」他沒預料到他會這樣問，想都沒想就回答了。

「所以你找到更好的工作了，不是嗎？」

這次，雷基沒有回答。因爲現在該說明自己狀況的人，並不是他，而且他也不確定眞正的答案會是什麼。

他的父親總是竭盡所能的要讓雷基與奈吉擁有比自己更好的將來。事實上，雷基的成長過程裡，一直背負著這個期許：一代要比一代更好。

但是人一輩子，除了工作賺錢，還有很多其他的事情。最近這幾個星期，雷基發現他會拿自己和父親同齡時的情形做比較。雷基的父親在他這個年紀，已經擁有一個摯愛的老婆，一對極具潛力、莽撞毛躁的兒子，以及樂觀正面的未來。這一陣子，雷基很希望自己也能像父親一樣。但漸漸的，他覺得這個希望離他愈來愈遠了。

這位潛在客戶得不到雷基的回應，便繼續往下講。雷基只得打起精神來聽。

「我知道我受的教育沒有你高，希斯先生。但是有些地方我還是很機伶的。我知道如何從一個地方到另一個地方，即使我不知道，只要讓我走一次，我一輩子都會記得。我知道，只要我願意，我一定可以成爲一個古典計程車司機，我父親也說我行的。這是我唯一想做的事，我無論如何都不會放棄的。」

這時，外面的警衛敲敲會議室的窗戶，指了指手上的表。

雷基點頭回應。「好，今天就到此爲止。」

沃特斯抬頭看他，眼神既期待又憂慮。

「明天我會打電話給你的初級律師，通知她我的決定。」雷基說。

「我的命運操在你手上了，希斯先生。」

「希望不至於有你說得那麼慘。」雷基說。

雷基走出監獄，攔了輛古典計程車，回貝格街。

雷基仍未做出決定。他的律師費用將會由公設辯護計畫來支付，少之又少的錢，解決不了事務所目前的財務困難。

但那並不是眞正的關鍵。眞正的問題是，他是否相信沃特斯？

面談後，雷基的直覺告訴他，沃特斯是無辜的。但是，他不想憑直覺做決定。直覺是一種不客觀的自我觀察。他知道，身爲一個刑案執業律師是不可以憑直覺來辦事的。

大家都知道整個系統是怎麼運作的：大律師既不是法官，也不是陪審團。不需要、也不期待他會眞心相信當事人的無辜，只要他並不確定當事人是有罪的，這樣就夠了。任何一個律師，如果不能接受這個運作前提，就不應該接辦刑事案件。

然而，這正是雷基從幾年前就不再接刑事案件的原因。他要求他的當事人一定要是清白的。某方面來說，幫沃特斯辯護，有點像是幫雷基自己家族的榮譽辯護。現在，唯一的問題就是，他是否信得過這個男人？

這時候，古典計程車已經駛到泰晤士河河堤，離事務所只剩幾分鐘的車程。這件事他可以等到回去了再做決定。

此刻，他還有別的事情要忙。

他拿起行動電話，撥給蘿拉。

蘿拉接起電話，聽起來似乎很睏的樣子，但不是那種剛從睡夢中被吵醒的聲音，而是一種很慵懶，像在樹蔭下睡午覺的聲音。

「雷基。」她說：「真沒想到你會打電話來。」

在他的記憶裡，她用這個聲音說話時，幾乎都是一絲不掛的。

「你在哪裡？」他問。

「當然是在普吉島啊！你知道的。」

雷基知道，他也知道自己不該懷疑她在什麼地方？或者她剛做過什麼事？

「我知道。」雷基說。「一切都好嗎？進度順利嗎？你喜歡吵嗲嗎？它就只能沾花生醬吃嗎？」

「有點鹹，但我喜歡。我們整天拍片，清晨四點才收工。之後，我塗上指數高達五十的防曬油，戴上我最大的寬邊帽，及鏡框大得像葡萄柚的太陽眼鏡，坐在遮陽傘下，假裝在做日光浴。眞好玩。現在，我的皮膚比以前來得白。你知道，我很討厭曬太陽。」

「你當然不會想曬傷。」

「當然，我當然不會……」她頓了一下。「哦……」她笑著說。「原來是爲了**那個**。」

「什麼？」

「你看了《太陽報》。」

「沒有啊！這星期有什麼有趣的新聞嗎？」

「你看了，雷基，不要說謊。我聽得出你那種惱怒的語調。」

「我想躲都躲不掉。」雷基無法克制自己不用那種語調講話。「全倫敦的人都想告訴我發生了什麼事。」

「眞的？」她輕快的說。「我都不知道這麼多人以爲我們曾密不可分呢！」

雖然她用的是過去式，雷基還是希望她口中的「我們」，是指她跟自己，但他卻無法確定。

「他居然把那張照片刊在自家報紙上……」

「沒什麼大不了的，雷基，眞的。我並不在意。」

「蘿拉，他的手和你的胸部，在他該死的八卦報紙上！」

雷基並不想說得那麼大聲。從蘿拉的沉默，他知道自己做錯了。在漫長的三秒鐘裡，他小心的確認司機和乘客間的對講機是關著的。

「雷基……」蘿拉開口了。

或許是在整理思緒，她又停了一下。他知道自己有麻煩了。

她說：「是的，是他的報紙，是我的胸部，其中沒有一樣是屬於你的，所以我的胸部出現在他的報紙上，跟你又有什麼關係呢？」

「話是沒錯。」雷基怯怯的說。其實他想說就是因爲她的胸部裸露在他的報紙上才是問題。但是，他還是硬生生的把話吞了回去。

這時，雷基注意到司機不知道爲什麼搖了搖頭。

「雷基。」蘿拉說：「你不需要保護我的名譽，或爲此魯莽行事。」

「當然。」

「答應我？」

雷基想了一下，最後才說：「我答應你。」

兩人又沉默了好長一段時間。雷基急切的想要找個話題，重新跟蘿拉對話，但腦袋就是一片空白。

他們只好尷尬的掛了電話。

在這之前，計程車司機只是偶爾瞄一下照後鏡。現在，他居然轉過頭來。

「可以給你一點建議嗎？兄弟。」

「什麼？」雷基抬頭看著右邊乘客座上的紅色對講機開關。「這東西是關著的，不是嗎？」

「壞掉了。」司機無奈的說著：「事實上，現在是開著的。」然後他拿起一份《太陽報》，說：「這就是她，對不對？」

分隔司機與乘客的玻璃只在下方有個小洞，雷基根本沒辦法把他手上的報紙搶過來。

「不要轉錯彎。」雷基不悅的說：「是貝格街上的多塞特大樓。」

「我從不會走錯路。」司機說：「每條路我都記得清清楚楚的，比現在大家都在談論的衛星導航系統還要厲害。」

「對不起，懷疑你了。」雷基說。他對司機講的東西不感興趣，只想在他談到蘿拉的胸部前趕快下車。

「只要肩上有顆腦袋，就用不著那種新奇的玩意兒。」

「你說的對。」雷基說。

「現在來談談你的女性友人。你想知道我會選什麼樣的女人嗎？」

雷基望著窗外，發現他們還要轉一個彎才會到貝格街。紅燈，車子很多，他可能還要再忍耐兩分鐘。

「不想。」他說。

「一個肯讓我把鞋子脫掉的女人。我上個女友對這點就很反感，我們到西班牙的夏屋過節時，她不讓我在臥室把鞋子脫掉。所以，取捨問題就來了。可以想脫鞋就脫鞋，是很重要的。」

「你在西班牙有一個夏屋？」雷基問。

「當然，你沒有嗎？」

「我以前有。」雷基回答。他想了一會兒，然後問：「你開古典計程車多久了？」

「十五年。」

「有想過要做其他的事嗎？」

「退休後到百慕達船釣。」

「我的意思是換別的工作謀生。」

「不可能。我花了好長的時間才有今天的成就。光爲了把路都搞清楚，就花了五年。那時候，白天在皇家郵局工作，維持生計。下班後，沒什麼肉的屁股還要坐在輕型機車上，在市區裡轉來轉去。現在那些已經做不來了，因爲沒有夠大的機車可以讓我騎。不管怎麼說，都付出這麼多了，我怎麼可能會想要做別的工作？」

「爲了這個，你放棄了非常安定的政府工作？」

「當然。這很容易選擇啊！兄弟。」

這時車子前進得很緩慢。

「多塞特大樓到了。」司機說。

雷基開門前頓了一下。

「所以你不會放棄開古典計程車？」雷基問。

「絕對不會。」司機回答。

雷基下車，然後給了司機比他本來打算的還多的小費。他已經做出決定。他直接回到事務所，撥了電話給早上的初級律師。

雖然已經接近下班時間，但她馬上就接起電話，聲音聽起來很開心。

「我答應幫你的當事人辯護。」雷基說。

「太好了。」妲拉說：「我眞是太高興了。」

「檢察官是誰？」雷基問。

「史戴爾法庭的傑佛瑞．蘭登。他很厲害嗎？」

「很狡猾。」雷基說。「他希望你低估他，也低估他的案子。等你掉以輕心，再將你亂棍打死。在法官面前，他會像一個不知所措的小學生，但是下一秒，你就發現自己不知爲何已經被徹底打趴。調查庭是什麼時候？」

「兩天後。」

該死，那麼快。雷基沉默了一會兒。

「有什麼問題嗎？」妲拉問。

「不夠時間找出檢方的破綻。」

「那只是預審聽證會。在開審前，一定有足夠的時間準備辯詞。」

「前提是，如果眞要走到那一步的話。」雷基說：「但最好是在開審前，就把它搞定，你不認爲嗎？」

「爲什麼呢？哦，當然……」她說。「我眞是笨蛋，到底在想什麼？我以爲不管在什麼情況，他們的案子肯定是有初步證據的。你看到什麼大破綻嗎？」

「我們至少需要驗證一下檢方的理由。也許他們搞錯了。」

「喔！」她說得好像她從來沒想過這個可能性一樣。「當然。告訴我，我們能做什麼？」她繼續說，聽起來似乎急著要做修正。

「你的私家偵探提供了任何消息嗎？」

「我要他訪問宣稱看過古典計程車的證人，他正要把報告送過來。只不過他說，沒問出什麼特別的。我將他免費法律扶助的時數全都用光了。對不起，我是不是糟蹋了他的時數？看起來，從現在開始，我們只能靠自己了。」

「沒關係。」雷基說。他現在對她比較友善。「況且，那是一定要做的事。但是我們需要看一下犯罪現場。你可以安排嗎？」

「當然。」她回答。

一個小時後，電話響了。雷基接起來。是傑佛瑞．蘭登。

「希斯，聽說你要接計程車的那個案子。」

「是的。」

「我不知道你又開始接刑案了，我總是跟不上這些消息。」

「這是個例外。」雷基說。

「但毫無疑問的，這是我向你學習的好機會，希斯。我是說，如果真的進入審理程序的話。不過，你還是會讓他認罪的，對吧？」

「謝謝你提起這件事。」雷基說。「我正想打電話問你，願不願意現在就撤銷告訴？或是等我在預審聽證會抗辯。」

「撤銷？哦，天啊！不可能！我恐怕沒法那麼做，不行。謝謝你的建議。但是不行，我們不能那樣做。這個案件很……該怎麼說呢？罪證確鑿，眞的。你確定你不認罪嗎？」

「我不能叫一個無辜的人去認謀殺罪。」

「喔，當然，如果他眞是無辜的話。但是……」

「而且，如果我不相信他，我就不會接這個案子了。」

「是的，我了解。你是很有原則的，當然。那麼兩天後見了。對了，你看了今天早上的《太陽報》了嗎？」

「沒有。」雷基回答後，馬上掛上電話。有關蘿拉在普吉島的問題，他已經聽夠了。不論如何，對於蘭登急著要他認罪的態度，讓雷基覺得事有蹊蹺。

雷基拿起電話，撥給溫柏利探長。

「我想請你喝一杯。」雷基說。

「爲什麼？希斯。你該不會又開始接刑案了吧？是嗎？」

「就這一次，我想。」

「什麼案子？」

「古典計程車司機被控謀殺。」

「你可以請我喝一杯。」探長說：「不過，我能講的和你已經知道的也不會差太多。」

雷基認爲這個交易還算公平。因爲，有時溫伯利以爲別人都應該知道很多才對。

雷基離開貝格街的事務所，搭計程車到陶特希爾街，一家離新蘇格蘭警場只有一個路口，名爲「警棍與哨子」的酒吧。

幾個員警正大聲喧嘩著看大螢幕電視上的切爾西和兵工廠對抗賽。雷基走到吧台，買了兩杯啤酒，沒有留心比賽。他小時候對足球很著迷，但已經好幾年不看了。

溫柏利探長已經坐在吧台前。他的頭髮灰白，強壯的身體有些中年發福；年輕時，他還曾想過要當個職業拳擊手。當雷基走近時，他正傾身全神貫注的盯著大電視。他的雙拳不由自主的揮動著，好像自己正要跳進比賽，給找兵工廠隊麻煩的防守球員迎頭痛擊。

雷基坐下來，將一杯啤酒遞到溫柏利面前。

「該死，眞是無恥！給他紅牌！」溫柏利大叫。

「我已經好一陣子沒接刑事訴訟案了。」雷基說。溫柏利的注意力從電視上短暫移開，瞄了一眼啤酒。「對於這個案子，我需要知道什麼嗎？」

「實際上，你也沒什麼選擇，不是嗎？」溫柏利說：「據我所知，你現在非常閒。」

「沒錯！」雷基說。

「檢方的證據很明確，希斯。如果你要問我的意見，我會說就叫你的當事人認罪，然後把事情結束了吧！」

雷基點點頭。「你總是這麼說，爲國家工作的蘭登也這麼說。但是，還有什麼事是我該知道的？」

「我相信蘭登會把他的檔案寄給你。」溫柏利漫不經心的說，他的注意力又轉回電視上的比賽。

「他寄了。」雷基說。「但檢察官總會留一手。有什麼是我該知道，但不在檔案裡的嗎？」

「如果不在檔案裡，我也不知道。」溫柏利說：「檔案裡提到，我們已經利用車牌號碼指認出嫌犯，而且他也沒辦法提出不在場證明。我們不會隱瞞事實，希斯，你知道的。」

「我知道。」雷基說：「但是，如果發生的一切就像檢察官所推測的那樣，你不覺得應該在古典計程車裡找到些確實的證據嗎？」

「應該會。」溫柏利說：「除非，嫌犯在事後把車子徹底清理過了。很明顯，他就是這麼做了。」

「可是，我覺得檢察官對這個案子好像有點操之過急。」雷基說。

「不予置評。」溫柏利回應。這時，他竟然把注意力從電視上拉回來，看著雷基。

「我能給的建議，就是你要想想那些受害者。」

「你在胡說些什麼？你用不著提醒我要同情那些受害者，溫柏利。」

「我不是那個意思，希斯。我的意思是，想想那些受害者是誰？想想他們的特別之處。」

雷基仔細的想了想。

「他們是美國遊客。」雷基深思之後說：「而現在仍是旅遊旺季。」

「完全正確。」溫柏利說：「還有這也不是第一起犯罪事件。所以在你涉入更深之前，先從市政府的觀點想想吧！」

「再說清楚一點。」

「旅遊界認爲在所有的運輸工具中，零犯罪紀錄的倫敦古典計程車是最安全可靠的。」

「這樣說有點誇張。」雷基說。

「不，這是眞的。他們比你老媽推的娃娃車還要安全。沒有任何東西比它更安全。超過二十年以上，倫敦古典計程車沒有發生過、也沒被指控過對乘客有任何不法行爲。告訴你一個事實，沒有強暴，沒有搶劫，沒有謀殺，古典計程車上什麼都沒發生過。」

「眞是倫敦之光啊！」雷基邊點頭邊說。

「但是，過去兩個月卻發生了七起。」溫柏利接著說。

雷基頓了一下，然後提出問題。

「七起什麼？」

「攻擊、搶劫和現在的謀殺。」

雷基沉默不語，非常吃驚。

「**每種**都有七起？」

「不是，不是……我的意思是全部一共有七起案件。」

「我了解。所以各種類型都有。」

「一個計程車司機開著車，在倫敦轉來轉去，騷擾美國遊客。這就像電影《大白鯊》裡的大鯊魚在那個什麼沙灘來著……南塔克特島附近游來游去一樣。這樣對整個產業並不好。你根本不想讓人知道。所以一旦登上報紙，弄得人盡皆知時，你就只想趕快把它了結，尤其是已經鬧出人命的時候。眞的，希斯，你應該學著看出事情的利害關係。偶爾也看看那些垃圾報紙吧！」

這時大電視那邊傳來憤怒的鼓噪聲。溫柏利轉過頭，加入抗議。

「媽的，他們不會給那個卑鄙小人紅牌嗎？」

然後，他又轉身回來，對著雷基。

「我的意思是，如果你可以忽視那些關於你和藍欽小姐的報導的話。」

「嚴重犯規！紅牌，溫柏利。」雷基說完，放下啤酒，走出酒吧。

5

儘管有溫柏利為八卦報導背書，但雷基已經受夠了那些垃圾。他希望私家偵探的報告能有所幫助。報告在隔天下午寄達事務所，剛好夠雷基在和妲拉·芮妮去犯罪現場之前看過一遍。

但是報告內容乏善可陳。

私家偵探拜訪柯芬園的酒保，以及兩位宣稱在二十分鐘後見到同輛古典計程車的切爾西居民。

所有的證人都承認沒看到司機的臉。如果真的上了法庭，他會大力攻擊這點。

但是，被指認出的車牌卻是一個大問題。酒保對車牌號碼WHAMU1記得很清楚，因為剛好是熱門足球隊西漢姆聯隊（West Ham United）的縮寫。陪審團顯然會採信這個理由。

第二個目擊現場是在靠近切爾西港的英皇道。兩個正要過馬路的中年婦人不但差點被急轉彎的古典計程車撞上，而且還被濺了一身雨水。因此，她們記下車牌號碼，甚至打了電話向員警投訴。

雷基知道他可以辯說第二組證人可能記錯車牌。但因為證人打了電話給員警，建立了牢不可破的時間證據。更糟糕的是她們記下來的車牌號碼和酒保記的一模一樣。

除此之外，私家偵探也調查了倫敦所有古典計程車的車牌號碼。毫無疑問，檢方一定也會這麼做。結果，全市只有一輛古典計程車的車牌與它相符，而擁有它的人，就是雷基的當事人。這眞是不妙。

雷基從切爾西的英皇道轉出來，順著一條狹窄的巷子，往泰晤士河北岸洛茲路的廢電廠開去。巷子兩旁全是過時的家具店。

他經過兩幢髒污的紅磚大樓，其中一個屋頂上有一根三十呎高的大煙囪。兩棟大樓之間，是雷基剛越過的切爾西河。寬約二十呎左右的河道鋪襯了水泥，以適應泰晤士河不同的水位。

建築物的四周布滿了尖銳的鐵絲網，但有些地方已經年久失修。雷基猜想要找個地方輕鬆翻牆而入，應該不是問題。如果你要在半夜的切爾西，避開眾人耳目，做點什麼見不得光的勾當，這兒絕對是最佳地點。

員警拉開生鏽的鐵門（現在卻掛了閃閃發亮的新鎖），雷基將車子駛入。他把車停在離主建物很遠、靠近河流的地方。

昨晚下了整夜的雨。現在，午後的天空灰濛濛的。雷基一開車門，河上刺骨的冷風立刻灌入。

他看到先來的妲拉正在和一個員警聊天。員警一臉討好、像是等不及要和她配合的樣子。

雷基一走近，妲拉就遞給他一份今早的《太陽報》。

「原來你同意我的看法！」她說：「我是指上報的事。」

雷基接過報紙。她已經把它翻到第二版，上面的標題寫著：「瘋狂大律師爲致命計程車司機辯護」。

「我以爲你不看這種垃圾。」雷基說。

「朋友告訴我的。」她說：「但就我看來，沒什麼損失。」

雷基瞄了一下。文章很短，簡單的報導了前一天他去巴克斯頓總部的造訪，最後加上註解，說他現在爲「古典計程車謀殺案」中惡名昭彰的嫌犯辯護。報導和他想的差不多。他將報紙折好收起來。

「現在讓我們看些實際一點的東西吧！」他說。

「他們說沒什麼好看的。」當員警帶他們走到犯罪現場時，妲拉開口。

「因爲昨晚下了大雨。」

「現場沒有遮蓋嗎？」雷基問員警。

「沒必要。」員警回答：「鑑識科在下雨前就已經完成採證了。每個地方都拍了照，一寸不漏。如果你願意，我們可以把照片送過去給你。」

「是的，請送過來。」雷基回答：「但你不覺得蘇格蘭警場應該買得起遮雨布嗎？案發當晚也下著雨，不是嗎？」

「是的。」員警回答：「我相信是的。」

「所以，沒看到什麼腳印嗎？」

「我不清楚，先生。這你必須問鑑識科才知道。」

「我會的。但我想或許鑑識科壓根就沒想要保護犯罪現場。不管原來有什麼腳印或輪胎印痕，應該在警方到達前，也早就消失了。」

「你是在問我嗎？」員警問。

「不是。」雷基說：「屍體是在哪兒發現的？」

「這邊。」員警說。

建築物末端的十碼外是個三呎高的水泥堤防。堤防中有段開口，是很久以前舊發電廠的船隻貨物交付處。

他們沿著建築物側邊走，直到碰上一面破爛的鐵絲網。鐵絲網嚴重損壞，多處倒塌，但看不出是單純的年久失修，還是遭到有心人士的惡意破壞。

員警跨過一處倒塌的鐵網。

「屍體就是在這下面發現的。」他說：「不過，當時是退潮。」

雷基和妲拉走到員警身旁，看著底下的切爾西河。泰晤士河水在漲潮時，會流入管道，退潮時消去。現在裡頭全是烏黑的河水。

「發現屍體時，水位有多低？」雷基問。

「看得到河床的爛泥巴，如果你問的是這個。」

「他們身上綁了什麼重物嗎？」

「沒有，他們被卡住，所以沒有漂入泰晤士河。你可以看到下面那個突出的鋼筋嗎？」

「卡在哪個位置？」

「不確定。我相信鑑識科拍了照。」

值得看的，就只有這麼多。他們走回大門，妲拉從雷基後頭追上。

「這樣很好，不是嗎？」她壓低聲音說：「他們沒找到鞋印，也沒找到任何能夠證明他到過現場的證據，對不對？」

「目前爲止是這樣。但是如果沒下雨的話就更好了。這樣檢方就必須對爲什麼**沒有**發現我們當事人鞋印提出合理解釋了。」

她想了一會兒，然後說：「你之前在電話上提到動機似乎太薄弱。爲什麼？是哪裡薄弱？」

「要成爲古典計程車司機，需要多年的努力。它的難度，幾乎和當個大律師不相上下。」雷基說，並很快補上：「或是當個初級律師。沒有一個司機，會賭上他的事業去搶劫。就算連續搶劫也不值得。」

「我懂了。」她說：「我沒從這個角度想過。所以我們的處境聽起來相當不錯，動機薄弱，少到幾乎沒有證據。」

「錯。」雷基說：「有人指認了他的車牌。沒有不在場證明，這樣就能讓訴訟案成立。我們的當事人說他當時在東區，正開著車要回家，但那只是他的片面之詞。而檢方卻有兩個目擊證人，堅稱在三十分鐘路程外的西區看到他的車子，也記下他的車牌號碼。如果我們沒有辦法反駁這一點，案子就會進入審判程序。但目前，我想不出任何方法來破解。案子一旦進入審判程序，什麼事都有可能發生。」

「我們會想出辦法的。我對你有十足的信心。」

「謝了！但是我們只剩兩天的時間了。」

「也許喝杯啤酒會有幫助？」

雷基轉身看她。聽起來這只是一個很單純的隨口邀請，對兩個共事的律師來說，毫無不當之處。況且所有法律相關問題都已經處理完了，而且她水汪汪的碧眼閃著光芒，貼著他站的身軀好像下一刻就要鑽進他風衣似的。他幾乎要答應她的邀約了，可是想了一想，心裡不禁對後果顧忌了起來。

他還沒準備好要如何面對這個問題，但他決定問問看延期的可能性。

「下次再喝可以嗎？」

「沒問題。」

雷基開車回事務所。他用手機打給蘿拉，沒人接。電話轉到語音信箱，可是他不知道該說什麼。說他覺得那個年輕的初級女律師對他有興趣？不對，這不會是個聊天的好話題。還是說，從洛杉磯回來後，他終於接到新案件了，只是進行得不太順利？不對，那也不好。事實上，或許不要留言才是上策。於是他掛上了電話。

沒多久，電話響了。是蘿拉。

「你剛打來嗎？」

「對。」雷基說。

「怎麼不留話呢？」

「我……沒什麼特別的事，眞的。」

「你沒事也可以打來啊！」

「好。對了，其實我接到一個新案子。」

「眞是太好了。」蘿拉高興的說：「什麼樣的案子？」

「強盜殺人。」

兩人都沉默了幾秒鐘。

「實際上是雙重謀殺案。」雷基補充說明，語氣中有些自誇，也有些道歉的味道。

「我以爲你不接刑案。」蘿拉說，聽起來有點擔心的樣子。

「情況有些……特殊。」

「知道了。很高興你打電話來……嗯，算是你打來的吧！其實我也正要打電話給你。」

「你是打了電話給我。」

「喔，對。」她笑著說。語氣似乎就像雷基剛才一樣不自在。

「我只是想告訴你，我明天會回去。」

「我以爲你還要再拍兩個星期的戲。」

「中間放了幾天假。我覺得剛好可以讓我們談一談。」

現在，她已經不再慌亂，只是聽起來很緊張、很正經。一股寒意順著脊椎竄上了雷基的身體。

「當然。」雷基說：「你到了之後再打電話給我。」

「我會的。」她說：「得走了。該去打包了。」

就這樣。

掛斷電話後，雷基回到貝格街的大樓。一如往常，他直接走進成了他避難所的辦公室。

蘿拉會突然回來一定有什麼問題。他不願去想會是爲什麼。但無論如何，他有個很好的藉口不去想：他必須爲聽證會做準備。

他把員警的檔案及私家偵探的報告拿出來，再仔細讀一遍。所有的資料都印證了他最初的直覺，整件事完全不合情理。一個專業的古典計程車司機不會冒著失去工作的危險，去搶劫幾塊錢，更不用說是殺人了。

但是雷基的直覺對法官而言，是毫無意義的。此外他也知道，在預審聽證會上，他根本拿不出足夠的證據來要求檢方撤銷告訴。皇家檢察署這麼積極，只要掌握初步證據就會起訴。如果雷基在明天的聽證會抗辯失敗，不僅會激怒法官，還會過早暴露他的辯論策略，嚴重打擊日後審判庭上他試圖建立的防守論點。

雷基從書桌後起身。今晚他需要好好想一想，如果到早上還是想不出對策，他就必須打電話給蘭登，申請撤銷，然後迎接審判日。

雷基走出事務所，露易絲桌上的傳眞機閃著燈，發出尖銳刺耳的聲音，他只好停下腳步。

傳送停止後，雷基拿起傳眞。或許是妲拉想到了什麼需要補充的事項。

結果不是她，是奈吉。上面寫著：

讀一下這該死的東西！

雷基拿起剛傳進來的第二頁，立刻笑了出來。

就是昨天那封從一堆信上掉下來，用打字機打的，莫里亞提寫來的信。看起來，奈吉很把它當一回事。

雷基覺得很好笑。只要有一點概念就知道，任何犯罪天才都不會使用老式的打字機，太容易被追查到，太容易敗露行跡。他大可到圖書館借用雷射或噴墨印表機。就算作油墨分析，頂多也只能知道是哪個牌子。

雷基把傳眞揉成一團，扔進垃圾桶。他沒有時間去處理寫給虛構偵探的信，即使是恐嚇信也是一樣。

6

隔天早上，雷基回到事務所，看見瑞佛提正在前頭朝電梯走去。

雷基刻意放慢腳步，但來不及了，瑞佛提已經看到他了。瑞佛提壓住電梯的門，如果雷基轉身離開，看起來就會像他故意要逃走。

「聽說你接了新案件。」瑞佛提說。

「消息傳得眞快。」雷基答。沒說出口的是，未免也傳得太快太遠了。

瑞佛提微笑，點頭，保持沉默；直到電梯門在雷基的樓層打開。

「我想信應該都處理了。」瑞佛提說。

「當然。」雷基說。

瑞佛提點頭。雷基沒做進一步的討論便快速走出電梯。

雷基一邊走向祕書的位子，一邊回頭看。還好！至少瑞佛提沒有眞的跟過來。

「今天早上有新的郵件嗎？」他問露易絲。

「嗯……新的郵件，你是指，嗯……正確的說，是寄給誰的？」

「當然是寄給我的。」

「對不起，沒有。」

雷基點點頭，走向自己的辦公室。

「但是有封信。」露易絲突然喊出聲音。

雷基停下腳步，既困惑又期待的走回她的位子。

「是嗎？」

她畏畏縮縮的從收信夾裡拿出一封信，遞給雷基。他從她臉上的表情，立刻猜到信是要寄給誰的。

幸好只有一封。這樣就不需要再寄包裹給奈吉，也不會收到更多的傳真。只有一封，所以雷基可以自己用制式回函回覆，以免瑞佛提又來煩他。

他拆開雷射印表機印的信封，草草的瞄了一眼，然後愣住了。信上的第一個句子就吸引了他全部的注意力。

親愛的福爾摩斯先生：

我在報上看到很多關於古典計程車司機殺害美國夫婦的事。真是恐怖！但我不明白他是怎麼做到的，福爾摩斯先生。我看到《太陽報》報導說那輛計程車在凌晨左右出現在西區。可是同一時間，我在東區的下克雷普頓路親眼看到那輛車。當時我正在等公車，看到了WHAMU1的車牌。

我沒有辦法出面，福爾摩斯先生。我是個已婚男子，而且我不想有人深究我在那個時間、在那個地點做什麼。我之所以寫信給你，是因為我知道你向來小心謹慎，就像你在處理「波希米亞醜聞」時那樣。當然，我相信你在處理許多不為人知的案件時，也是抱持相同的態度。

至於那個可憐的大律師是不是這樣，我就不確定了。你應該知道現在東區架設了許多監視攝影機，請去查查看下克雷普頓路及紐維克路的交叉路口。幫幫那個無辜的人。

一位關心社會的市民　敬上

信上沒有註明寄件人地址，郵戳則是昨天的。

雷基站著把信又從頭讀了一遍，然後又一遍。接著走進他的辦公室，把信放在桌上，坐了下來，再讀一遍。

不在場證明，一個不在場證明的證人。

預審聽證會今天下午就要舉行了。要在接下來的五個小時內找出寫這封匿名信的人是不可能的，況且能不能找到還是個問題。話說回來，一個會提供線索給夏洛克·福爾摩斯的人，可信度能有多高呢？

儘管如此，只要信裡提到的線索正確，其他的事都沒關係了。不過最近裝的眾多監視攝影機或許能有點幫助。

雷基拿起電話，撥給交通管理局。他跟他們表明身分及意圖，過了片刻，他的電話被轉接到一位交通工程師的手上。

「你要查詢某一架監視器的位置？」工程師問。

「是的。」雷基說。「哈克尼區的下克雷普頓路上有攝影機嗎？」

工程師花了幾分鐘確認，然後告訴他那兒確實有一架攝影機。

「它運作正常嗎？」

「是的。」

「多久循環錄影一次？」

「七天。」

「上星期以來，有員警申請調閱錄影帶嗎？」

過了一會兒，工程師確認後回答說沒有。

「謝謝你！」雷基說。「你很快就會收到這樣的申請。」

這時，雷基撥電話給控方大律師。

「希斯。」蘭登接起電話說：「重新考慮過了？你不會眞要參加預審聽證會的抗辯，對嗎？」

「你的說明中提到，員警檢查了相關監視器的錄影帶。」

「當然。」

「可是沒有發現什麼。」

「沒什麼決定性的證據。監視器沒辦法捕捉到所有畫面，你知道的。卡車、巴士、還有好多東西都會把車子擋住。」

「他們檢查了哪些路線？」

「問這個幹嘛？他們檢查了上車的酒吧、在切爾西看到計程車的地方、以及兩地之間的所有道路。怎麼了？」

「你檢查了我當事人回家路上的攝影機了嗎？」

蘭登沉默了片刻，然後小聲的說：「沒有，那麼做似乎只是浪費時間。因爲我們已經有證人在城市的另一頭看到那輛計程車了……」

「我在找不在場證明。」雷基說：「我要調閱所有我當事人在被質疑的時間點，從東區開車回家沿路的錄影帶。」這是請求權。雷基知道員警有義務做這件事，而蘭登也清楚這點。

「你是說只要趕得上開庭就好，對嗎？」蘭登語帶期望。「對這類事情我所知不多，但是我相信你不會想利用今天在法庭上的時間……」

雷基說：「關於預審聽證會，如果你認爲庭上會因爲今天被占用的時間感到不耐煩，那麼請想想要是你沒檢查所有相關的監視器，而我又在開庭時把事情抖出來，到時候皇家檢察署會有多不開心了。」

「很好。」蘭登生氣了。假裝出的受辱語調開始消失。「錄影帶，沒問題。希斯，爲了你好，希望你知道自己在做什麼。」

雷基掛上電話，他也希望知道自己在做什麼。

7

當天下午，雷基離開貝格街的事務所時，天空下起了冷冽的雨。他決定謹慎點，改搭計程車而不開車。這個案子備受矚目，停車位必定一位難求。況且，他車子底盤的噪音問題也愈來愈嚴重。

預審聽證會被改到專門審理重大事件的馬船路裁判法院舉行。大部分報紙對之前的古典計程車犯罪新聞都只在內頁隨便提幾句。但這些小新聞卻愈滾愈大，尤其美國觀光客謀殺案更是受到大眾關切。雷基知道它上了法庭，一定會引起媒體的瘋狂追逐。如果這個案件眞的進入審判訴訟，就會移至老貝利街的中央刑事法庭審理。到時，媒體追逐只怕會變得更瘋狂、更白熱化。

但只要他盡力阻止，那些鬧劇就不會發生。如果他做得好，就能在聽證會上結束一切，讓他的當事人回到斯特普尼的家，恢復他的工作。

當雷基的計程車駛近法院時，他看到馬船路上的停車位，不管合不合法，都已經被停滿了。其中，古典計程車占了絕大部分。

雷基心想，這麼多古典計程車，眞是壯觀啊！然而，他搭的計程車卻顧不得這兒是倫敦市中心，硬是並排停靠讓他下車。

雷基走向入口檢查哨。他很清楚自己的計畫，但在通過法庭安全人員的檢查時，他卻開始擔心起這個計畫可能引起的風險。他會不會做錯了？

他不知道寫信的人是誰，也不確定錄影帶上會有什麼，或許根本什麼都沒有。他也想過那封信可能是個由蘭登主導的誘餌兼煙霧彈。如果眞是他做的，那可是一招既高明又下流的險棋，而雷基的辯護策略將會因此徹底崩垮。

雷基向警衛出示他的維安證件，卻看見蘭登已早一步到達，就站在他前面幾步。

蘭登拉著一輛小推車，厚厚的法律書籍堆得老高，還有好幾捆文件。雷基很高興看到十幾捲看起來像是監視器用的黑色塑膠錄影帶，被綑繩隨意的綁在推車上。

蘭登沒看到雷基，拉著車就要經過檢查哨。突然，不知道爲什麼綑繩鬆了，整疊錄影帶應聲散開，在灰色的瓷磚上灑了一地。

「哦，天啊！我爲什麼就是學不乖？」蘭登自言自語，但聲音大得每個人都聽到了。

檢查哨的職員盡職的點點頭，蘭登趴在地上將錄影帶一一撿起。幾分鐘後，所有的帶子都被放回推車。或許應該說是幾乎所有的帶子。他掙扎起身，顯然沒注意到他不小心將一捲錄影帶踢進檢查哨的桌子下。

蘭登說：「好了，應該沒問題了。難怪我太太總說我不會打包。」

「她說的對。」雷基說。

蘭登轉身。「喔，你來了，希斯。又讓你看到我出糗了。」

「沒什麼。」雷基說：「不過，我想你漏了一捲帶子。」

雷基沒有彎身去撿，只是用手指著那捲被蘭登踢進桌下的錄影帶。「喔，是嗎？」

雷基點點頭，又指了一次。「一定是滑掉了。」

「一定是。」蘭登說完，趴在地上把帶子撿起來。「你的眼睛比我的銳利多了，希斯。」

「運氣好而已。」雷基說。蘭登把錄影帶放回拉車上，雷基小心的看清楚它上面標明的位置和時間。

雷基鬆了一口氣。蘭登也許聰明到會利用假情報，提供沒用的證據來欺騙雷基。他也許聰明到會在去法庭的路上，暫時弄丟一個強而有力的證據。但他絕對不會聰明到同時兼顧這兩者。蘭登試圖隱藏那捲錄影帶，表示它有一定的眞實性，而且是個用得著的呈堂證物。

至少，他是這麼推論。

「你說什麼？希斯。」

「沒有。」雷基說：「你先請。」

過了一會兒，雷基在法庭就位。橡木貼皮的長桌比他實際需要的更大。桌子後有一把爲助理準備的椅子，但雷基沒有助理。還有一把是給初級律師坐的，可是她還沒來。

雷基的左手邊是一張爲檢方準備的類似桌子。這只是預審聽證會，不是正式審判，所以蘭登和雷基一樣沒有帶助理。不過他還是把桌面占得滿滿的。桌子最遠端，一大本資料夾開著，全是犯罪現場的照片和圖。他知道那只是做個樣子，犯罪現場查到的實在乏善可陳。檢方所能依靠的只有目擊證人的證詞，他們的筆錄正放在蘭登面前。監視器拍到的錄影帶仍然放在蘭登身旁的推車裡，藏在桌子後面。

雷基轉頭看旁聽席。裁判官[1]決定將聽證會對外開放，但禁止照相。不過法庭外守著的瘋狂媒體足夠彌補這點了。大部分出席的記者，都拿著筆記型電腦或速寫本坐在前排。雷基研究完旁聽席後發現，大部分的觀眾，尤其最後三排，既不是記者，也非一般百姓，而是古典計程車的司機。

這時，每個人紛紛轉頭，雷基也是。被告被押送到受審台，滿臉憂心，不知所措。如果有所選擇，你自然不會希望當事人站在受審台時，表現出一副習以爲常的樣子。

沃特斯朝雷基的方向看。這時，一隻柔軟的手輕觸雷基的上臂。他回頭一看，妲拉到了。

「對不起，我遲到了。」她說：「警衛的話太多了。」她的眼光和沃特斯相遇，她朝他輕輕點了點頭，才在位子上坐下。

雷基靠過去，對她耳語：「如果進入審判程序，你不要這樣做。看起來會像在引導當事人。」

1 Magistrate，英美法律體系中被告被捕後必須面對的初級法官，他有義務告知被告被控之罪名及相關法律權利。亦有譯為治安法官。

「當然。」她說。

法警、書記官、裁判官隨後走入，雷基、蘭登、妲拉站起來，等到裁判官入席後才就座。

裁判官唸出案件號碼，蘭登起身，平鋪直述的讀出以一級謀殺起訴的聲明。

「很好。」裁判官頭也不抬的說。「看起來皇家檢察署已經把初步調查檔妥善的交給被告了，這樣就用不著浪費時間了。有人對兩個星期以後，在中央刑事法庭舉行的審判有異議嗎？」

「有的，庭上。」雷基起身發言。

裁判官抬起頭來。

「有？」

「是的，庭上。被告要對交付審判提出抗辯，同時要求朗讀檢方的初步證據並列入紀錄。」

裁判官皺起眉頭。

「希斯，是嗎？」

「是的。」

裁判官看著放在前面的案件附表。

「雷基．希斯？」

「是。」

裁判官將眼鏡擱在鼻尖，看著雷基。

「我好像不曾在法庭上見過你，但又好像在哪裡聽過你的名字，似乎和灌木有什麼關係。」

「庭上。」蘭登主動說：「請容我說明。希斯律師最近曾出國。你可能看過他的名字跟一些不重要但引人注意的海外事件連在一起，或是跟本地菸草碼頭附近某出版社總部裡的室內盆栽有關。我不是很確定，我得承認我總是跟不上這些小道消息……總是跟不上……但我確定我們都會同意，這些事和案件一點關係也沒有。」

蘭登看著雷基，彷彿正等著接受雷基對他的感謝。不過，在雷基可以想出適當的反駁前，蘭登又開口了。

「因爲有好一陣子，嗯……如果我……如果我可以這麼說，因爲他有一段時間沒有接觸刑事案件，我相信，律師閣下或許不知道，最近我們正試著簡化交付審判的過程。」

「我們的確是在進行這點，不是嗎？」裁判官點頭。

「是的，庭上。」雷基說：「儘管最近的刑事訴訟法有所改變，但您仍然有權聆聽案件的宣讀，而且我保證不會占用您很長的時間。」

「嗯……時間長短是相當主觀的，不是嗎？你需要多久的時間呢？希斯先生。」

「兩分鐘，庭上。我相信不會超過。即使檢察官閣下支支吾吾的宣讀，也不可能拖得更久，因爲檢方的論據就是那麼少。」

「眞的？」裁判官說：「兩分鐘？」

「最多兩分鐘。」雷基回答：「起訴的理由非常薄弱。」

裁判官拉高左袖口，看了看表。

「我可以騰出兩分鐘。蘭登先生，你可以嗎？」

蘭登清了清喉嚨。「庭上，是的。當然可以。我會……如果可以，我會盡可能長話短說。」

「你不需要這麼做，蘭登先生。盡量說沒關係。如果雷基先生估計錯了，那麼下次他再出現在我庭上時，我就能提醒他了。」

「很好。」蘭登說：「那麼我就從犯罪現場的鑑識報告開始。雖然我才疏學淺，無法在短時間內涵蓋所有的東西……」

「庭上？」

「是，希斯先生。」

「被告對檢方提供的鑑識報告沒有異議，因爲上面的證據完全不能套用在被告身上。警方沒有在他家裡或計程車上找到任何證據。事實上，根本沒有任何直接證據可以證明他到過犯罪現場。」

裁判官看了一眼檢察官。

「蘭登先生？」

「嗯……庭上，是的，沒錯，檢方並不是基於上述地點的現場鑑定才起訴這個案件。當然這些報告證實了兩個無辜的美國觀光客遭遇了可怕的謀殺，還有他們的死亡時間。」

「這些大家都知道。檢方是根據什麼來認定這個案件是被告做的？」

「根據目擊者的陳述，庭上。兩組可信度非常高，而且相互佐證的目擊者。」

「那麼，就把我們的兩分鐘花在這上面，可以嗎？」

「當然，庭上。」

蘭登開始描述雷基先前看過的證人供詞，戲劇化的講著他們是如何指認出車牌號碼。他特別強調酒保爲何會記得「WHAMU1」，也格外愼重的提出第二組證人在事發後不久打電話報案的確鑿證據。警方的錄音帶裡記錄了這通電話，建立牢不可破的時間證據。然後，蘭登使出致命的一擊：

「庭上，在倫敦登記的所有古典計程車中，只有一個車牌號碼包含『WHAMU1』。而這個車牌的古典計程車，正是被告所有。」

蘭登在這兒收了尾。雷基什麼都沒說。裁判官看了看表。

「一分四十五秒。」他說：「做得好，蘭登先生，簡短扼要。雖然只有一個重點，但如果沒有反證，就足以交付審判了。希斯先生，你還有什麼話要說嗎？」

「是的，庭上。檢察官閣下忘了提警方千辛萬苦取得的監視錄影帶。」

「蘭登先生？」

「庭上，沒錯，我們蒐集了監視錄影帶。但是並沒有什麼決定性的資訊，所以我覺得沒有必要提起。」

「一共有幾捲帶子？」裁判官問。

「一共十一捲。從不同的地方蒐集來的，總長度超過一百小時。」蘭登說。

「超過一百小時。」裁判官一邊說一邊用手指頭敲擊桌面。「希斯先生，如果你認爲這些錄影帶很重要，那麼，我想你必須等到中央刑事法庭舉行的審判再提了。更何況，老貝利街的中央刑事法庭影音設備也比較好。」

「庭上。」雷基說：「我在意的只是其中一捲。下克雷普頓路那一捲。我想它是蘭登先生推車上，從上數下來的第三捲。儘管警方盡了全力，但其他的錄影帶不過是證明他們還是沒有發現任何影像可以證明案發時，我當事人的計程車曾出現在犯罪現場附近。克雷普頓路的錄影帶，卻顯示了我當事人在案發時的實際位置。換句話說，就是一個無懈可擊的不在場證明。我們不需要檢視整捲錄影帶，只要快轉到……呃，案發當晚的十一點四十五分，然後從那裡看起。」

裁判官盯著面前的證人筆錄，看了一會兒。「那是車子在切爾西被人看到之後的五分鐘。」

「完全正確。」雷基說：「而且比鑑識科推斷的最早命案可能發生時間還要早幾分鐘。如果我當事人的計程車，在那個時間出現在下克雷普頓路的錄影帶中，那麼，它就不可能是那輛載著兩位不幸枉死在洛茲路的美國人的計程車。」

「它會出現在錄影帶中嗎？希斯先生。你確定錄影帶的內容？」

「我請求法庭花五分鐘的時間來確認。」

蘭登正要說話，裁判官示意他安靜。他考慮了好一會兒，轉向法警。

「放帶子。希望我們不是在白費力氣，希斯先生。」

蘭登嘆了一口氣。

法警花了幾分鐘才做好準備：將帶子放進機器，把電視調整到裁判官看得最清楚的角度。

終於一切就緒。法警啓動錄影帶，然後很熟練的快轉到正確的時間點。

裁判官傾身認眞觀看。三十秒後，他瞪大了眼睛，身體更往前傾。

「停！請往回倒帶一點點。這裡，就是這裡。找到了。」

裁判官舒服的坐回椅子，示意法警把電視轉向雙方律師。

雷基鬆了一口氣，他感覺到一絲勝利的快感沿著脊椎而下。

妲拉看起來高興得想要在椅子上跳舞。

蘭登一言不發的盯著電視看了好一會兒，然後低頭假裝在文件中尋找什麼重要的東西。

「蘭登先生。」裁判官說：「我相信我們剛剛看到一輛車牌號碼『WHAMU1』的計程車。你的證人指認它在切爾西的時間點，它顯然並不在那兒，而是在四十分鐘路程外的哈克尼區的克雷普頓路上。這點你同意嗎？」

「我……看起來是這樣，庭上。」

「你能解釋爲什麼嗎？」

「沒……辦法，庭上。但我相信我會發現到底爲什麼的。」

這時，裁判官不耐煩的說：「你又怎麼解釋爲何檢方從未在發現的證據裡，特別指出這捲錄影帶的重要性，好讓法庭及辯方都知道它的存在？」

「我只能說錄影帶實在太多了，準備的時間又太短。員警也是人啊！庭上。」

裁判官皺眉，點了點頭。他盯著影像，幾秒鐘後用手指揉揉前額，才抬起頭來。

「如果你還想再試一遍，務必確定他們會再多花一點時間準備，蘭登先生。基於不損害被告權益的前提下，我要駁回檢方請求。等你覺得你又準備好的時候，可以再次起訴。在此同時，被告當庭釋放。」

這時，雷基背後的旁聽席開始出現刻意壓低的討論聲，但他無法辨別觀衆的反應。

裁判官站起身來，很快的退席了。

妲拉朝雷基笑著說：「不管別人怎麼說，我就知道我應該選你。我先去接我們的當事人，然後跟你在側門碰面？」

雷基點點頭。

妲拉回頭，臉上散發著勝利的光芒，一邊離開一邊對雷基微笑。

雷基離開法庭，走進大律師休息室，收拾好假髮及律師袍。當他走出休息室時，在走廊上遇到了檢方大律師。蘭登平常裝出的虛僞謙遜態度不見了。

「恭喜你，希斯。」他說：「看來你仍是寶刀未老。」

「謝謝！」

他們正要擦身而過時，蘭登轉過頭來。

「你真的很幸運，不是嗎？」他問。

「怎麼說？」雷基說。

「監視系統相當不完善。許多東西，例如燈、雙層公車、行人拿的大雨傘，都有可能擋到鏡頭，擋住車子的車牌號碼。你事前並沒有時間檢查錄影帶，怎麼知道你要的東西就在哪兒呢？」

「當我看到你把錄影帶踢到桌子底下時，我就知道了。」雷基說。

蘭登想了想，搖頭否認，笑著說：「但那真的是個意外，希斯。我也沒時間檢查完所有的錄影帶。我根本不知道錄影帶裡會有什麼？」

「那麼，我真的很幸運。」雷基說。

蘭登輕輕點頭認同，然後看向雷基身後，說：「晚安，希斯。」

「晚安。」

蘭登走向走廊的另一方。

雷基轉身，看到妲拉和沃特斯從他身後走來。

「我也很好奇你是怎麼知道的？」妲拉說。

沃特斯說：「我只能說我真高興你知道那麼做。謝謝你，希斯先生，謝謝！」

雷基只是點點頭，和他握了握手。

此刻坦承他是靠一封寫給夏洛克．福爾摩斯的信，似乎是個不智之舉。

他們來到走廊盡頭，法警幫他們拉開側門。外面下著大雨，雷基先走出去，很快的看看四周。

兩輛BBC的新聞車，十幾個報章雜誌的記者及攝影師全都在街道另一頭霍爾本路上的法院大門等著。

附近的街道上，停了五輛古典計程車。但詭異的是，他們居然朝著反方向停靠。五輛車都開著暫停服務的燈，情況看來不妙。

雷基打開雨傘，想爲妲拉和沃特斯同時擋住大雨和霍爾本路上媒體的侵襲。他希望能在任何人發現之前，搭上計程車離開。但媒體的警覺性很高。在路口負責看守的人一見側門打開，便大聲喊叫。接著一群撐著黑傘的記者和攝影機朝他們蜂擁而來；新聞車也開始迴轉。眞是不妙。

這時，五輛亮著「暫停服務」頂燈的古典計程車，發動引擎，打開車燈，駛入狹窄的街道。全黑的車身上沒有任何廣告，看起來完全是一模一樣。

其中一輛停在馬路中，擋住一輛由霍爾本路開來的新聞車。

另外四輛駛向人行道，在雷基、沃特斯和妲拉面前停下。

「我搭這一輛。」沃特斯一邊說，一邊跳進其中一輛。「他們是我的朋友。你們搭另外一輛，這樣我們就能甩掉記者了。」

四輛車的後座車門同時打開，雷基推著妲拉上了其中一輛。跑在最前頭的是一個金色短髮戴著《太陽報》識別證的年輕女記者。她顯然跑得比其他人都快，她以整條街加上英國國家廣播公司的攝影機都聽得到的音量對雷基大喊：「你用了什麼詭計弄出你的當事人，希斯先生？」

一個攝影師緊跟在她身後。女記者並沒說她是誰，但雷基猜也猜得到她的名字。雖然他知道最好不要理她，可是他實在忍不住。在跟著妲拉鑽進車子前，他故意停了下來。「案發當時，他在十二哩外。這就是我用的辦法。」他喊了回去，鎂光燈開始閃個不停，雷基跳進計程車，用力把門關上。

五輛計程車同時開向艾利斯街。包括年輕金髮女記者在內的所有媒體全打了退堂鼓，只剩下兩輛英國國家廣播公司的新聞車還緊追不捨。

到路口時，第一輛車停住不動，其他四輛分別左右轉彎，朝相反的方向駛去。到下一個路口時，又以同樣的方式，分道揚鑣。

雷基從計程車的後窗看到他們成功擺脫了記者。

「眞是妙招。」雷基對妲拉說：「你是怎麼安排的？」

「我不知道。」她說：「我只是打電話叫了輛計程車。」

「幹得好。」雷基轉向計程車司機說：「可是他們都知道沃特斯住在哪兒，他們會直接殺過去的。」

「一定會的。」司機說：「不過他們可能要等很久了。我們會載他繞一繞，喝杯酒，聊聊天。直到記者等得不耐煩，離開了，才送他回家。」

他們的計程車混在車陣中，來到泰晤士河河堤。車子裡沒有一個人說話。

司機開口問：「請問要到哪裡呢？」彷彿他們是才剛上車的尋常客人。

「如果你想要的話，我們可以先送你回去。」雷基對妲拉說：「然後我再回事務所開車。你的辦公室在哪裡？」

「你怎麼會以爲我想回辦公室？你可以送我回家。或是我們可以去七星慶祝一下。又不一定要回辦公室。」

「你家離這裡多遠？」

「不遠，如果是單趟的話。」

雷基一邊看著她，一邊思考著她的弦外之音。但是他不大確定自己是不是誤解了。無論如何，他決定不要冒這個險。

「可以等下次嗎？」

她輕笑了兩聲。「如果這樣能讓你覺得安全點。」她面帶微笑的回答。雷基轉頭避開她的目光，幾秒後，再回頭，發現她仍是一臉笑容的看著他。

「請到七星飯店。」她對司機說，然後轉向雷基。「就算一個人也可以慶祝。」

幸好七星飯店離這裡只有一個路口，他們很快到了。

「那麼就下一次吧！」她一邊下車，一邊說，臉上還是那個笑容。

司機轉頭看了雷基一眼。「哎呀，老兄，如果我是你……」

「眞該死。開就是了。」雷基打斷他的話。「貝格街的多塞特大樓。」

司機不再說話。幾分鐘後，到達目的地，司機將車子停靠路邊。

雷基還沒付錢，就開始拉開車門。

「老兄，你是不是忘了什麼？」

雷基一隻腳已經踏在地上，頓時停住。

「對不起。」他遞上車資。

「我猜，你覺得今天在法庭上的表現，足夠讓你搭次免費的計程車吧？」

「什麼？沒有，我一點都沒這麼想。」

「那最好。因爲你不可能從我這兒得到那種優惠。其他古典計程車司機也一樣。」

雷基站在計程車外，停了一會兒。回頭看著司機。

「你是什麼意思？」

「我們不要害群之馬。眞該死。大家都信任我們，連他們的老奶奶，都可以放心託付給我們。想想看，如果人們不再信任我們，那會變成什麼樣子？」

「我懂了。」雷基說。「可是你有沒有想過，可能眞的不是他做的？」

「他最好是沒做。」司機說：「我只希望警方趕快抓到眞正的凶手……不然我知道有人會插手處理這件事的。」

司機挑釁的話讓雷基頗不痛快，但他只能用力甩上車門，朝自己的車子走去。

8

隔天早上，在梅費爾的愛德華式洋房花園裡，艾莎準備好全套的英式早餐。美味多脂略帶焦味的培根、烤番茄、茄汁黃豆，以及綜合果汁。她的主人前一天忙得不得了，現在覺得非常餓。

艾莎將《太陽報》和早餐端進花園。

「頭版。」艾莎開始讀：「『瘋狂大律師放走古典計程車殺手』。」

「眞的嗎？」她的主人問：「在頭版？」

「是的。」

「這我喜歡。應該有一、兩張照片吧？」

「是的。」

「讓我瞧瞧。」

艾莎將報紙展開，好讓兩個人都看得到。

《太陽報》上刊著幾張模糊的照片：被告正要進計程車、初級律師進車前露出的美腿，以及雷基進車時窮凶惡極的模樣。

「就是他嗎？」艾莎問：「那個大律師？」

「是的。」她的主人回答：「一個邪惡的男人，違反倫敦人的意願，釋放了古典計程車之瘤。」

「你剛說的，是寫在社論裡的嗎？」對艾莎來說，那些字彙聽起來很像記者筆下的用字。

「不是。不過，社論應該這麼寫，不是嗎？」

「他看起來很卑鄙。」艾莎同意的說。

「確實如此。今天的培根煎得非常好，艾莎。」

艾莎的主人滿意的嘆了口氣，舒服的往後靠。然後說：「艾莎，你知道什麼是二項式定理嗎？」

「不知道。」艾莎回答。

「我也是最近才知道的。」主人說：「求學時期，我很少花工夫研究數學。但是我現在正努力迎頭趕上，你知道嗎？我的家族都有極高的數學天分。或許有一天，我會親筆寫一本關於它的書。」

艾莎點頭認同。「是。」正要往下說時，卻被她的主人打斷了。

「從現在開始，你可以稱呼我**教授**。」

艾莎對這個要求感到困惑，猶豫了一下。「我不知道你是一位教授。」她態度尊敬的說。

「技術上來說，或許還不是。但我相信很快就能實現的。」

「我相信只要你想要，你一定能當上教授的。」艾莎說：「你的醫生說過，你是他見過最聰明的女人。」

「我的醫生跟個笨蛋差不多。」艾莎的主人咬了一口培根說：「不過這一點，他倒是說對了。」

「是的……」艾莎小心翼翼的回答。「教授。」

9

雷基進事務所前，先繞到多塞特大樓對面的奧黛麗咖啡書報攤買份三明治。

自從奧黛麗一年多前添購了一台小小的卡布奇諾咖啡機後，雷基在早餐時，都會喝上一杯，不過最近卻很少買。

並不是爲了省錢，不完全是。只是投資在倫敦勞氏保險的錢全都化爲烏有後，他不免覺得花兩英鎊買一堆牛奶泡泡實在沒什麼道理。

但是，整體來說，情況已經在好轉。他勝訴了。打贏官司本身就是件好事。更重要的是，如果蘿拉今天打電話來，跟她說話時，他就不再會覺得自己像是一事無成的失敗者了。這是個開始，他向「做回自己」的目標邁出了第一步。

「你在照片上看起來比較老。」奧黛麗的店員說。

「什麼？」

店員朝收銀機旁放滿《太陽報》之類的廉價垃圾報紙的架子點點頭。雷基看見《太陽報》的頭版報導。這麼顯眼，怎麼可能看不見？又是一篇由艾瑪．史巫普製造出來的傑作。

雷基是最大張照片的主角。照片中他正惡狠狠的瞪著鏡頭。取景的角度讓他看來像是正準備出拳揍人。

初級律師妲拉．芮妮在鎂光燈下，只剩一雙勻稱的腿。

雷基拿著報紙等付帳，看起來既倒楣又狼狽。店裡排隊的人漸漸多了起來。站在他後面的一個女人，不斷探頭窺伺報紙的頭版，然後還偷偷瞄了雷基一眼。

雷基買了三明治和報紙後，飛也似的離開。

於是他又像上次一樣，遮遮掩掩的把全世界最低俗的報紙夾在腋下，走進貝格街大樓的大廳。

走進電梯，他壓下樓層按鈕。門開始關上時，他才打開報紙，找到第二版，繼續看報導。

可是電梯門還沒關上前，一隻纖細的手伸了進來，擋住它。正是幾天前遇到的那位高䠷褐髮美女。雷基草草點頭，算是打了招呼，仍然專注的看著他的報紙。

電梯上樓時，小姐的眼睛開始瞄向雷基手上登著他大照片的頭版報紙。接著她稍稍伸長脖子，看向雷基攤開的第二版，和美女露點清涼照專用的第三版。

「有進步哦！」當電梯停在雷基的樓層時，小姐消遣的說：「只差一個版面，你就能貼著她了。」

雷基根本沒有時間去理她，只是逕自走出電梯，往走廊尾端的事務所走去。

安全進到辦公室後，他攤開《太陽報》繼續讀著描寫他如何運用狡猾的法律詐術，讓一個罪證確鑿的殺人凶手獲得釋放的報導。

根本就是一派胡言！但那是巴克斯頓的報紙，他要怎麼說，就能怎麼說。雷基一點辦法都沒有。或者說，幾乎是一點辦法都沒有。

當雷基幻想著自己又跑到瓦平總部把巴克斯頓痛毆一頓時，響起的電話鈴聲將他拉回現實世界。

他接起電話。是蘿拉。

「我想和一位憤世嫉俗的黑暗腐敗社會鬥士講話。請問這個人在嗎？」她看過報紙了。

「是腐敗的那個？還是鬥士的那個？」

「可以兩個都要嗎？」

「隨時奉陪。」

「那麼，我想約個早一點的時間吃晚餐，聊聊天。」她說，然後又加了一句。「她的腿很漂亮，雷基。可是，初級律師開庭時，應該要穿深色絲襪之類的比較適當，不是嗎？」

「我……我也是這麼對她說的。」雷基回答。

蘿拉又笑了。「沒關係，雷基。眞的。」

「我什麼時候去接你呢？」

一陣沉默後，蘿拉語氣過分輕快的說：「我們直接碰面就可以了。我知道你很忙。」

「沒問題。」他說：「那麼四點鐘在『老銀行』酒吧可以嗎？」

「他們的菜單上還有馬鈴薯肉派嗎？」

「據我所知，應該還有。」雷基說。

「太好了。」她說。

然後她掛上電話。

她一掛上電話，雷基就開始擔心。

到底要談什麼？為什麼不讓雷基去接她？為什麼女律師露了腿對她沒有影響？

雷基一整天反覆想著這些問題。等到傍晚，他叫了輛計程車，前往酒吧赴約。

在佛里特街上的「老銀行」，是酒吧中最大、最華麗的，但它仍維持著酒吧的本質，而不是蓋得像個華麗教堂的八卦中心。一杯杯的啤酒從中央吧台送出。以吧台為中心的三層同心圓，分別是供一般大眾使用的活動區、沙發區和餐桌區。最頂層則是擁有獨立空間的私人包廂。

沙發區裡有幾批零散的遊客。但人數最多的，還是站在吧台四周，穿著深色畢挺西裝的大律師們。

雷基和蘿拉經過的時候，許多大律師回頭看。有些只是偷瞄，有些試著不露痕跡的微微轉頭。但是已經在喝第三杯啤酒的客人，就毫不遮掩的回頭直接盯著他們瞧。

這些人雷基在法庭上幾乎都碰過。

「我覺得你的同行（peers）看到你出現在這兒，似乎都很驚訝。」蘿拉說。

「你用偷窺這詞（peers）來描述他們，真是再恰當不過了。但是他們看的可不是我。」

「是嗎？我也不覺得是我，電影還沒上演呢！」

「就是你！我會建議他們去向觀光客借相機。不過，說不定已經有人這麼做了。」

至少，雷基希望他們眞的只是尋常的觀光客。吧台前面站了一位客人，雖然小心的不直接望向他們，但他身旁放了一個看上去十分專業的相機背包。雷基可以感覺到他已經將眼角餘光撐到極限了。

「繼續往前走，我們到後面去。」雷基說。

他們沿著台階上了一層樓。在私人包廂的對面找到一個隱密的角落沙發坐下來。

「我以爲你沒來過這裡。」蘿拉一邊坐下，一邊對他說：「雖然我不記得你告訴過我爲什麼。」

「今晚是個例外。」雷基回答。

「爲什麼？」

「爲什麼是個例外？還是爲什麼我幾乎不來？」

「每一個都談談吧！爲什麼是例外？爲什麼我從沒聽說你來過？連一次都沒有？還有，爲什麼你從沒告訴我原因？」

雷基知道他之前應該多跟她溝通，或許現在正是修復的好時機。

「他們有一次不讓我進來。」

「眞的？什麼時候的事？」

「我十二歲那年。」

「你十二歲時買不到酒，所以你氣到現在？」

「我不是要進來喝酒。我只是想和其中一個大律師講幾句話。」

蘿拉笑了。

「什麼事這麼好笑？」

「其他的十二歲男孩會爲了不能進去和大人喝一杯而生氣。但十二歲的雷基．希斯不是。他只會因爲不能進去跟他們爭辯而生氣。告訴我，到底怎麼回事？」

「我十二歲生日時，父親特地花了很多錢買門票，帶我去看一場職業足球賽。切爾西與曼徹斯特聯隊的總決賽。只有爸爸和我兩個人去。爸爸對足球很著迷，我母親卻對運動一點興趣也沒有。奈吉還小，所以不能帶他去。不過要跟他說清楚可不是件容易的事。

「我存了好幾個星期的錢才買到一頂曼聯的帽子。很不幸的，我們的位子被畫在切爾西那一區。出門前，我父親很委婉的建議我把帽子留在家裡。但是我拒絕了。我以我的球隊爲榮，覺得沒有什麼好怕的。所以我還是戴著帽子去了。

「那是我第一次到現場看職業足球賽。雖然我們的球隊最後因違規罰球輸了，但那是有史以來最精采的一場球賽。當我們離開球場時，贏球的球迷正大肆狂歡。一個無賴跑過來，搶走我頭上的帽子。我父親反射性的伸手把它拿回來。那個切爾西的無賴和他兩個醉醺醺的同伴轉身向我們逼近。一群曼聯球迷看到整個經過，不願袖手旁觀，於是爆發了衝突。

「最後員警來了。逮捕所有因爲受傷、喝醉或行動太慢來不及逃走的人。而我父親因爲拖著我，跑不快，也被捕了。

「我相信當時你已經盡力在跑了。」蘿拉說。

「並不是那樣。當時，我對足球很著迷。所以事情發生時，我一直試著想向切爾西那些蠢蛋討回公道。最後的結局就是，我和員警派來的保母待在一個房間裡，等我父親做完筆錄。之後，我母親帶著奈吉趕來，付了保釋金，我們才能回家。

「其實整件事，應該就此結束。然而幾星期前才發生過球場踩踏事件，有人還因此喪命。所以，當時倫敦的報紙一面倒的爲那個無賴抱不平。就算當初是我父親先惹事的，應該也只是輕罪，更何況他並不是始作俑者。但皇家檢察署卻因爲輿論壓力，決定對我父親提出重罪告訴。

「其實，聰明的話，只要認罪就可以獲判較輕的刑罰。但那不是我父親的作風。他說：『全家人的生計全繫在我的名譽上。』於是，案子就這樣呈上法庭。然後，他到林肯律師學院見我們的大律師時，我也跟去了。」

「聽起來好像很麻煩。」蘿拉說。她傾身向前，拉近與雷基間的距離，看起來非常專心的樣子。

雷基得到鼓勵，繼續往下說。

「當時的情形我記得很清楚。那位大律師坐在一張很大的紅木書桌後面。桌子的中央鋪著一塊綠色的毛氈寫字墊。桌上木盒裡，躺著一枝亮閃閃的金筆。還有一盞黃銅檯燈。我印象很深，當時一看到他的辦公室，我就確信我們一定會打贏官司。」

「你的桌子就像那樣啊！」蘿拉說。

「我的桌子比較大。」

「確實如此。後來呢？」

「審判的日子終於到了。一位切爾西球迷的手臂斷了。或許是因為他一直狂打我父親那硬得像石頭的頭才斷了。那個痞子站在證人席上，展示他身上多處的挫傷，指控我父親就是毆打他的人。

「滿嘴胡說八道！我父親忙著保護我離開現場，根本沒時間打人。他在說謊，小學生都編得比他好。

「我等著法官轉頭看向陪審團，翻白眼表示聽不下去了；我也認為我們的大律師隨時都會跳起來，指著證人說：『你是不是一個裝可憐的騙子？只是為了想打民事訴訟，要求賠償，而捏造了受傷的天大謊言，好騙錢，並取悅你的女人？』」

「或諸如此類的話。」蘿拉主動的補充。

「是的。但法官並沒這麼做，大律師也沒有。一般來說，以我父親的情形，預審聽證會時就該因證據不足而釋放。可是他被判了三十天拘役和五千英鎊的罰款。這筆罰款，榨乾了我們家所有的積蓄。

「開庭結束後，我母親、奈吉和我朝著倫敦地鐵走，途中經過了這家酒吧。當時我看到兩個大律師，一個是沒盡心盡力為我父親辯護的我方大律師，另一個是毫無證據就起訴他的檢方大律師，兩人就站在第一盞水晶燈下，一起喝啤酒。看到那個景象，我非常生氣，決定到裡面跟他們理論。但是他們不讓我進來。」

「我猜那是他們自保的方式。」蘿拉說。

「從此之後我父親就一蹶不振。」雷基繼續說：「其實當時，我已經知道他不可能東山再起。我可以感覺到整件事對他的影響。他失去了事業，也失去了健康。最後，在我拿到獎學金，準備上劍橋時，他過世了。」

一陣沉默。然後，蘿拉看雷基的眼光變了，彷彿她已經好幾年沒見到他似的。

雷基覺得有點尷尬，只好舉起健力士啤酒，希望能緩和一下氣氛。

「之後很長一段時間，我都覺得很後悔，如果當初沒戴那頂帽子去就好了。」他低頭看著杯中的啤酒，輕聲喃喃的說著。聲音輕到蘿拉差點就聽不見。

「爲什麼你以前都沒告訴我？」她問。

雷基聳聳肩說：「因爲你沒問？」

「不需要每件事都等女人問，雷基。她怎麼知道該問哪些問題？有些事情你應該主動提起，有些你可以稍微暗示一下。」

「我會記住的。」

「所以這些年，你成了每個律師夢寐以求的頂尖大律師，卻從不出現在律師們常去的場所，你故意和他們保持距離。爲了以具體的行動來證明，你還刻意將事務所設在老遠的貝格街。就在大家都覺得你不可能成功的時候，你很明確的向那些看衰你的人證明他們錯了。所以，現在你是爲了享受勝利的滋味而來。」

雷基聳聳肩。

「其實不只這樣。」蘿拉一邊觀察他臉上的表情，一邊說：「其實這也是爲了替你父親爭一口氣吧？」

雷基回想她說的每句話，然後輕輕點頭。他看著一臉心煩意亂的蘿拉。

她回視雷基說：「我眞不敢相信。你到今晚才告訴我這些？你眞是沒救了！」

「我在溝通啊！這樣不對嗎？」

她搖搖頭。顯然還在生氣，但似乎也不想直視雷基的眼睛。

「那麼……你到底想告訴我什麼？」雷基問。

蘿拉靠到沙發椅背，開始環視四周，什麼都看，就是不看雷基。

「你注意過這裡有多少時鐘嗎？」她問。

他沒注意過。

「可是沒有一個是準的。你覺得現在幾點了？」

「四點十五分。」

「沒想到我們已經來這麼久了。應該要催一下他們了，你不覺得嗎？」

「我們才進來三十分鐘而已。」

「嗯……沒錯。但是即使這樣……」

「他們連馬鈴薯肉派都還沒送來。」

「他們最好在五分鐘內就給我送來。等菜來了，我們應該少說話，專心吃。」

她雙手在胸前交叉，故作輕鬆的坐著，清楚的表現出她不願也不想再繼續任何親密的談話了。

「這裡的水晶燈很漂亮，你不覺得嗎？」

時鐘、水晶燈，接下來她可能要評論家具了。幾小時前，她還說他們需要談談。此時此刻的他，百分之百配合，願意和她掏心掏肺的溝通，但是她卻反而像個證人席上被控詐欺的企業家，什麼都不說。

他眞的受不了了。雖然心裡明白他不該這麼做，但他還是決定追根究柢。

「你說我們需要談一談。我人在這兒，可以談了。」

她收回遊移的目光，看著雷基，嘆了口氣，又轉開頭，然後再凝視雷基。她將雙手放在桌上，開口說：「羅伯特．巴克斯頓向我求婚了。」

酒吧裡的傳音效果非常好。也可能是因爲有些字不常聽見，一旦出現，總是格外引人注意。不管是哪個原因，站在下一層酒吧旁的幾個律師全抬頭往上看。

突然，強光一閃，劃破了原來籠罩在角落沙發四周令人舒適的幽暗。

蘿拉本能的舉手遮住強光。雷基轉身尋找強光的來源。第二道強光接著又閃。

雷基馬上站起來，伸手抓向攝影師。但他卻撲了個空。拍照的人早已身手敏捷的跑向樓梯，往下逃了。

「我們要怎麼出去呢？」蘿拉問。

「這邊。」雷基看見走廊的盡頭閃著紅色的「緊急出口」指示燈。他抓住蘿拉的手，推開緊急出口的門，順著樓梯，來到街上。

外面飄著細雨，緊急出口的警鈴仍大聲的響。不過似乎沒有任何狗仔的蹤影。

雨勢漸漸變大，雷基招了一輛計程車。

可是看來沒這個需要。一輛白色豪華轎車在計程車靠邊停車前，已經開到它前面停下。

轎車司機跳下車，幫蘿拉打開車門。

她猶豫了一下，似乎想繼續朝計程車走去，可是轎車就停在她面前，司機又拉著車門，等她進去。

這時轎車裡面傳來羅伯特．巴克斯頓的聲音，大聲喊著：「希斯，很高興見到你！」

蘿拉對雷基說：「你爲什麼要堅持告訴我這麼多該死的事呢？」

「我以爲溝通就是……」

「你的故事確實不同凡響！但是我眞的不想告訴你這個消息。我的意思是，不是現在……尤其在你跟我說了這麼多之後，而我仍然……」

「你仍然怎麼樣？」

「沒事。」她一邊說，一邊坐進轎車裡。「我原本不想說的，是你逼我的。」

「但是我沒想到……」雷基開口了，卻沒機會說完。蘿拉坐到巴克斯頓旁邊，甚至不等司機幫忙便逕自大力的關上車門。

車開走了。雷基仍然茫然不知所措的站在人行道上。

□

在車子裡，蘿拉在巴克斯頓身旁坐定。

巴克斯頓的公事包是開著的，他正在講電話，但他抬起頭看蘿拉。

「對不起。」掛上電話後，他說：「在編明天的報紙。」

「沒問題。」蘿拉說：「一個人本來就該爲未來做好準備。」

「你告訴他了嗎？」

「你是指雷基？告訴他什麼？」

「我們要結婚了？」

雖然巴克斯頓不知道整個狀況，她卻很清楚。蘿拉遲疑了一下，沒有馬上回答巴克斯頓的問題。

「事實上，我們正講到這件事。」蘿拉一邊指著一份放在巴克斯頓公事包裡的《太陽報》，一邊稍微扯謊掩飾。

巴克斯頓拿起報紙，看了一下她指的地方，然後說：「如果他對其他人要一睹世上最完美的乳房還有任何意見，那麼我勸他最好趕快習慣。」

蘿拉微微點頭，什麼都沒說。她覺得巴克斯頓的意思是指要雷基習慣巴克斯頓可以看到她的胸部，而不是指《太陽報》的讀者。不過他的用詞模稜兩可，所以她決定暫時不予理會。

和雷基的分手並不是很愉快。車子開動後，她很想回頭看。但是如果這麼做，對坐在她身旁的巴克斯頓很不禮貌，於是她只得作罷。

雷基到底是站在原地目送他們離去？或只是聳聳肩掉頭就走？還是像瘋子一樣，揮著雙手跟在車子後面沿路追逐？她無從得知。

眞遺憾。其實她很想知道。

□

事實上，雷基的確是站在原地，看著車子揚長而去。但是在蘿拉登上車子離開時，不遠處的酒吧入口開始聚集了一群應該是律師的人在看熱鬧，另外他也不得不考慮狗仔去而復返的可能性。

於是雷基邁開腳步，往轎車離去的方向，在佛里特街上迅速的前行。雷基走得很快，才幾分鐘就走了好幾個路口，雖然他眞的沒必要一路在雨中走回貝格街。雷基本來覺得他什麼都不在乎了，但是傾盆而下的大雨流進了他風衣的領口，這時他才發現匆忙中他把傘忘在酒吧的沙發上了。他繼續走，可是不過才走一個路口，他已經渾身濕透了。他不禁後悔，剛剛實在不該放走那輛計程車的。

然後就在他正打算再攔一輛計程車時，一輛已經載著乘客的計程車突然在他面前停了下來。

門開了，裡面的乘客對他大喊：

「現在可以喝一杯了嗎？」

是妲拉。

「當然可以。」雷基說完，坐到她身旁。

「那麼我們先說好。」她說：「我請客。要去哪兒呢？」

「隨你挑。」

「佛里特街上的老銀行酒吧。」她對計程車司機說。

該死！雷基心想。怎麼會這麼倒楣？雖然是他要她決定的，但再回頭去老銀行顯然是件蠢事。即使他的傘還留在那裡也一樣。他考慮著是否要反悔自己剛才的提議。

這時，他腦中浮現巴克斯頓的豪華大轎車載著蘿拉揚長而去的畫面，他問自己，決定在哪裡喝一杯有什麼差別？想通之後，他便釋懷了。於是幾分鐘後，他和漂亮到能讓所有男性大律師（可能還有些女性大律師）願意放棄一切，只求一親芳澤的大美女，一起重新走進了老銀行酒吧。

當他們在沙發上坐下時，妲拉問：「爲什麼大家都盯著我們看？」

「我不知道。」雷基說：「我不常來。」

「我以爲每個律師都會來。」她說：「爲什麼你不來？」

「我不想談這個。」雷基說。

「欸，好吧！」她啜了一小口酒，把杯子放下。

「你不喜歡你點的酒？」雷基想趁機轉移話題。

「我只是很習慣的就點了它。」她說：「我一直以爲我喜歡喝薄荷甜酒。最近才發現我其實並不喜歡。」

「你常發現自己其實並不喜歡你以爲喜歡的東西嗎？」

「對。有時候是反過來。我很善變，至少大家都這麼說。」

雷基注意到她的綠眼珠也會變顏色。隨著光線的變化，可以從翡翠綠瞬間變成清澈的祖母綠。

她的綠眼珠正在對他放電，全身都在釋放同樣的訊息。光是知道這點，就夠讓雷基起反應了。

雷基決定他需要再來一杯。於是說了聲抱歉，起身走向酒吧。

酒保將啤酒注進杯子，雷基回頭看了一眼他們的座位。幾個律師停下腳步，和妲拉閒聊。可是當雷基拿著啤酒往回走時，他們全離開了。

雷基坐下來。妲拉說：「他們覺得你可能會想拿回這個。」她將雷基先前留在這兒的雨傘遞給他。

「他們人眞好！」雷基一邊說，一邊接過雨傘。妲拉接著問：「我是不是和社會脫節了？爲什麼他們說的那位蘿拉．藍欽，我完全不認識？」

「不是。」雷基回答：「不過，過去六年中，你可能在柯芬園看過她一、兩次。」

「所以她是個演員囉？」

「沒錯。」

「六年前我很少去戲院，那時我正忙著準備大學預科課程[1]。」

這表示說，她六年前才十九歲。她很明顯的在暗示雷基這一點。

雷基幾乎想要爲蘿拉辯解，告訴她蘿拉在柯芬園初次登台時多麼的年輕。但他沒說出口。剛喝完的啤酒溫暖了他的腦子，六年前還在擔心大學預科課程的女人聲音悅耳。還有什麼事值得認眞去爭論呢？

於是他說：「你肯定比他們厲害。」

「確實如此。」她笑著回答，傾身向前，像個高中女生似的扭動整個身體。

雷基放下空酒杯，將手伸進口袋。

「你還要再叫一杯嗎？」她問。

「我是想叫輛計程車。」雷基回答：「我們喝得夠多了。」

「是你喝得夠多了。不過，你應該會送女士回家吧？」

過了一會兒，他們坐在一輛無線電派遣中心叫來的古典計程車上。和所有的古典計程車一樣，它的乘客座位開闊舒適，腿部空間寬敞。爲方便乘客進出，中間沒有任何凸出的障礙物。但送她回家的這段路，卻意外的令人難熬。只要路面一顛，她的膝蓋就碰

1 A-levels，全文是The Advanced Level General Certificate of Education，英國中學生十六至十九歲時參加的高級程度預科課程，取得此課程的證書才能申請大學。

到他。每個轉彎，她的屁股便滑過來撞他。最後，當車子左轉來到梅費爾區的某處停下時，她幾乎要坐在雷基的大腿上了。

「好了。」車子靜止時，她說：「我們到了。」

「是。」雷基說：「眞的到了。」

下車前，她停了一下。

「你知道嗎？你現在的狀態其實不適合從貝格街開車回巴特勒斯碼頭的家。」

「我什麼狀態？」

「就是你顯而易見的狀態。如果你願意，我倒是有個建議。」

雷基推斷，她應該不是要建議他回貝格街，在事務所的椅子上睡一晚。在考慮她的邀約同時，蘿拉坐上豪華大轎車揚長而去的畫面又在他腦中浮現。

可是，也許蘿拉還沒有做出最後的決定。所以，也許最好還是假設自己仍然有希望，不要輕舉妄動。雖然其實看起來是希望渺茫了。

「我會搭計程車回家。」雷基說。

「如果你堅持的話。」初級律師說。

雷基在她的臉上看到兩種表情。先是一個笑臉，展示給雷基看他可能錯過了什麼。然後在她關上車門時，一閃而過的明顯不悅。

雷基回到事務所，發現艾瑪．史巫普打了兩通電話來。另外，奈吉傳眞進來提醒他莫里亞提寄來的信。沒有蘿拉的留言。

雷基原本考慮要撥給艾瑪．史巫普，告訴她他對她的報導的看法。但最後他決定什麼都不管，先回家再說。

10

凌晨三點，一個穿著連帽斗篷的瘦小人影，出現在萊姆豪斯區人跡罕至的碼頭最尾端。木造碼頭的底部是棕灰色的，流過的泰晤士河是青灰色的，穿著連帽斗篷的人影是正灰色的，逐漸籠罩碼頭樁基的霧幾乎是淡淡的淺灰色。霧氣穿過碼頭木板間的縫隙，緩慢而優美的盤旋而上。站在碼頭的尾端向外望，霧氣幻化成許許多多的影子，看起來彷彿一隻隻的小動物正跳入淺灰色的霧中，毫無目標的亂竄，交錯纏繞，然後，猶如被遺忘的記憶，先是模糊不清，最後終於消失無蹤。

一個魁梧強壯的男人站在碼頭連接陸地的那端，一隻腳已經踏上碼頭，卻開始猶豫了起來。他身上的黑色及膝皮外套略嫌單薄，擋不住刺骨的冰冷霧氣。也許就是因爲這樣，他才不想再往前走，踏入灰濛濛的水氣中。

可是他不能回頭，他已經被看到了，除了往前走，沒有別的選擇。

他先是躊躇的走了幾步，然後爲了要表現出自信的樣子，他邁開步伐，迅速的向前走。

然而，那不過是虛張聲勢罷了。他在離人影還有好幾公尺的距離時，就停下了腳步。

「你做了未經授權的事。」穿著斗篷的人說。

「是你說要賭大一點的。」男人說。

「沒錯。」

「我……就賭大了。」

「你殺了一個女人！」

男人遲疑了一下。「是你講得不夠清楚，沒有告訴我應該要避免什麼……」

「有些事不用說也應該知道。」

「我以為你知道我的過去。」

「是。當然，應該算是我的錯。不過已經不重要了。」

男人稍稍鬆了一口氣，大膽的說：「我非常希望你能繼續僱用我。」

「不用擔心，我還需要你。」

「是的，夫人。」男人稍微放心的說。

「從現在開始，你可以稱呼我『教授』。」

「是。」男人馬上改口。「教授。」

莫里亞提教授露出笑容。碼頭的光線昏暗，她又罩了一件小小的連帽斗篷，但他還是能隱約看到她的微笑，美麗到幾乎足以讓男人打消想要加速逃離碼頭的衝動。

「你可以走了。」莫里亞提說。

「好。」男人說。他往後退了一步，看見莫里亞提仍微笑著，便很快擠出一個虛假的笑容回應，然後轉身離開。

那個假笑或許是個致命的錯誤，雖然也可能無關緊要。

因為，他未能走遠。

11

巴特勒斯碼頭區的清晨，雷基從一場好夢中醒來。夢中的影像，如此清晰，真實到他必須轉過身確認，身旁到底有沒有真的躺了個女人。

床上空無一人。也許就今天早上而言，那倒是件好事。因爲他雖然夢見的是蘿拉，但昨晚發生的事情他仍記憶猶新，所以要是現在身邊真有個女人，理所當然，也一定會是另外一個人。

他的額頭隱隱作痛。這表示說昨晚的三杯，甚至四杯啤酒，在他念劍橋時也許不算什麼，但是最近卻不行了，居然開始會宿醉。

他喝了水，吞下阿斯匹林，走進車庫，準備坐上他的XJS，才想起車子其實還停在貝格街。雷基在冷風中的巴特勒斯碼頭，攔了一輛計程車。搭車過橋時，他努力回想，以確定自己眞的還記得昨晚發生的一切。

他先是和蘿拉在酒吧共進晚餐。之後，她搭上巴克斯頓的豪華大轎車揚長而去。現在想到那一幕，雷基的心仍是好痛。

接著他跟那位年輕女律師一起去喝了幾杯。眞該死！爲什麼也是在「老銀行」？她的力送秋波，還有在計程車上的身體接觸。是的，沒錯。他很確定放她在她家門口下了車，然後他回到自己的住處。眞沒想到她居然住在梅費爾區，一定是家裡有錢。謝天謝地，他沒做錯什麼事！不過，以他和蘿拉目前的狀況，似乎也沒什麼關係了。

當雷基在貝格街下車時，太陽穴的疼痛已經擴散到每個關節。原本只是額頭的不舒服，現在卻變成全身上下無一處不痛。

他走進奧黛麗咖啡書報攤買了一杯對水沖淡的美式咖啡。店員將《太陽報》遞給他。「不用了。」雷基說：「我要回頭看《金融時報》了。」

「你會想看《太陽報》的。」店員說：「那似乎是他們的獨家新聞。」

「什麼新聞？」

店員看了雷基一眼，把報紙遞給他。

雷基匆匆瞄了一下頭版。

「古典計程車殺手橋上棄屍！」

眞該死！

排在他身後的人愈來愈多。雷基趕緊把報紙夾在腋下，飛也似的鑽進多塞特大樓的大廳。

一進電梯，他馬上打開報紙，把第三版朝外反折。這麼一來，和他搭同個電梯的人便能一眼就看到大幅的清涼照。幸運的話，也許可以藉此引開大家的注意，免得他們問起震驚社會的古典計程車頭條新聞。看來這方法奏效了。三個多塞特員工進來，一男二女。雷基在有人開口前，就溜出了電梯，直接走向他祕書的位子。

露易絲抬頭，看著他走過來，注意到他腋下的報紙。

「你看到新聞了？」她是真的關心。

「是的。」雷基說：「你不用擔心這件事。」

「當然。」

「有新案件進來嗎？」

「沒有。」

「沒關係。很快就會門庭若市了。沒什麼廣告比讓一個被認定有罪的當事人無罪釋放，更能吸引潛在客戶的。」

雷基走進他的辦公室，把門帶上。

他把報上的清涼女郎翻回她原來的位置，開始讀頭版的新聞。

根據記者的報導，剛過凌晨三點時，一輛古典計程車停在黑衣修士橋上，駕駛和另一個人下車，打開了後方車門，將一具屍體抬過欄杆，丟入泰晤士河。整個過程，違反了好幾項法令。現場有好幾個目擊證人，員警也找到了屍體。現在，記者在報導中質疑，到底要允許雷基．希斯這類狡猾又無恥的大律師玩弄制度到什麼時候？明知他的當事人是凶手，卻讓他無罪釋放，遊走在毫無戒心的倫敦市民中。

整篇報導描述事件細節的部分很少，誇大的部分很多，甚至毫無根據的指責雷基的當事人就是主謀。

雷基看了一下的署名，又是艾瑪．史巫普的傑作。

電話響了，溫柏利打來的。

「早安！希斯。只是想問問看，你知不知道你的當事人在哪兒？」

「哪一個？」

「別裝了，你現在只有一個當事人。不是嗎？」

「如果眞要算，此時此刻，我一個當事人也沒有。案子結束，我的工作也告一段落了。」

「他可能很快又會需要你的服務了。先通知你一聲，我們想跟他聊聊。我已經和他的初級律師談過了。」

雷基知道溫柏利正等他開口問。

「爲什麼？發生什麼事了？」

「你還沒聽說嗎？」溫柏利將他在報上看到的新聞告訴他。

「這確定是眞的嗎？」雷基說。

「是的。」

「那麼，有證人嗎？」

「附近河岸上的兩名釣客，還有至少兩輛經過的車。雙向各一。當時橋上的車子很少，但也不至於少到能把屍體丟進河裡而沒被人看見。」

「找到屍體了嗎？」

「找到了。」

「然後呢？」

「還在蒐證中。沒有皮夾，沒有手表，沒有戒指，沒有證件。臉孔特徵無法辨認。顯然在我們找到屍體之前，他已經撞上行進中的船隻了。衣著體面，或者是被凶手打扮得很體面。種種跡象顯示，應該是另一個由我們的古典計程車司機所犯下的強盜殺人案的受害者。」

至少溫柏利用的詞是「我們的」，而不是「你的」。這表示警方還沒有掌握很明確的證據。

「有人看到車牌號碼嗎？」雷基問。

「這次沒人看到。」

「任何人看見司機的臉嗎？或是那個幫凶的臉？」

「據我們所知，沒有。」

「現在就懷疑沃特斯，是不是有點操之過急？」

「沒人說是他，你是第一個提起的。但是保險起見，我一拿到報告，就派了一輛車去你當事人的住處。」

「結果呢？」

「他不在家。他的計程車在，但是他不在。」

「他可能和朋友出去了。這很正常。」

「因爲你之前的紀錄，所以我覺得你應該會想知道現在的狀況，希斯。」

雷基聽到這句話，很不高興。

「你所謂的狀況是指因爲我當事人的釋放，整個倫敦就不再安全了嗎？」雷基有點激動的說。

「上次你讓一個殺人犯重獲自由後，他又殺了另外一個人。你也不喜歡這樣吧！希斯。」

「沒錯，我是不喜歡。」雷基說：「當然那是我的錯。我不應該因爲他是蘇格蘭場的員警，就相信他所說的話，相信他是無辜的。」

雷基等著溫柏利回應他說的話。他們提到的那位警官，以前是溫柏利部門裡的人。事實上，就是因爲溫柏利知道雷基在法庭上的表現出色，才出面拜託雷基接下那個案子的。

「是的，那件事我也要負一部分的責任。」溫柏利終於開口。「不過還是請你在聯絡到你的當事人後，通知我們一聲。」然後他就把電話掛了。

不到兩分鐘，電話又響了。

是妲拉。「太好了！找到你了。」她說：「我本來擔心你還在睡呢！你聽說了嗎？」

她的聲音就像專業的初級律師，完全感覺不到昨晚的挑逗與誘惑。

「聽說了什麼？」雷基有些不快的問。

「又發生命案了。」她說：「聽說是一個古典計程車司機做的。你眞的沒聽說嗎？」

「對不起，我的職業病犯了。其實我剛和溫柏利通過電話，讓我不禁想閃躲一切的問題。」

「喔。這樣啊！所以你聽說了。那我們該怎麼辦？」妲拉問。

事實上，如果這是最壞的情況，如果他們眞的幫有罪的當事人重獲自由，而他又立刻犯了案。那麼，不管做什麼該死的補救都來不及了。

「你有什麼建議嗎？」他問。

「不知道。但是，我以爲你會有好辦法。」

「我認爲，在假設我們的當事人是凶手之前，應該先查明一下眞相。」

「喔，你說的當然沒錯。這些我都知道，但是八卦媒體會利用這件事，大肆撻伐我們，尤其是對你。我們是不是該先告訴他們，會作奸犯科的古典計程車司機不只一個？」

「如果覺得有此必要，你可以這麼做。但是，如果我也開始操弄媒體，那麼我就沒有立場批評檢方向輿論壓力低頭。」

「說得好。那麼，我們是不是應該先去探視一下我們的當事人？」

「確定他沒忙著在市區裡殺人或棄屍嗎？」

「我的意思是，確定員警沒有繼續來煩他，記者也沒在他家門外的人行道上紮營……之類的。」她聽起來像在辯解，也有些沮喪。

「對不起。」雷基誠心誠意的說。他知道自己對她講話很衝，他也知道是爲了什麼？對於可能釋放一個有罪的人這件事，他比她更介意。「今天早上一直很不順。」他解釋。

「沒關係的。」

「你打過電話給他了嗎？」

「我打了。但是沒人接。」

「所以你想直接開車到斯特普尼找他？」

「嗯，我覺得我們之中應該有個人要去看看。你不覺得嗎？但是我對那個區域不是很熟悉。我是個路癡，大家都是這麼說我。之前，我都是叫他到我的辦公室來。」

「所以你要我去看一下嗎？」

「如果你願意，我很樂意陪你一起去。除非，你怕我會攻擊你。」

這時又有電話進來。

「我等一下再打電話給你。」雷基說完，馬上接起另一線的電話。

又是溫柏利探長。

「我們發現了一些東西。如果你能在四十分鐘內趕到發電廠，你就可以親眼目睹。不然，你只能等我們的報告了。」

「你能提示一下嗎？」

「不能。如果你有興趣知道，就直接過來吧！」

雷基掛了溫柏利的電話後，馬上打給妲拉。幾分鐘前，她還在電話旁的，現在卻是由答錄機接起電話。於是他留話告訴她，斯特普尼之行得再等一下了。

他離開事務所前，特別囑咐露易絲，不要回記者電話，然後才開著車子往洛茲路盡頭的發電廠。

厚厚的雲層，籠罩著早晨的天空。奔流的泰晤士河，泛著鋼鐵般的藍灰色。

現在正值退潮，原本在切爾西河裡的水全退了，只剩下泥濘的污土和陣陣的惡臭。警車停在環繞發電廠四周的圍籬旁。

雷基停好車，在大門內找到了溫柏利。

「潛水員大約在一個小時前回報的。當我們把它拖出來時，我覺得你應該會想在場，希斯。」

「拖什麼起來？」

「你過來看看，可能會滿有趣的。」

他們跨過潮水管道，走到遠處一個面對著泰晤士河的平台。溫柏利指著離岸約十呎的地方。

河裡有個黑黑圓圓的金屬物隱約可見。一塊掛在計程車車頂上的「出租」標誌，正好浮在水面上，在水波起落中不時露出頭來。

「今天早上的退潮是今年第二低的。」

溫柏利說：「不論是誰把它開進河裡，一定以為車子會永遠沉在河底。但是今天早上一個慢跑的人看到它，向警方報了案。我們希望趁河水再次淹沒它之前，能將車子拖上來。」

溫柏利一邊說，潛水員已經一邊將纜繩固定在車上。員警開始啓動拖吊機。先是纜繩發出尖銳的嘎唧聲，接著機器隆隆的吼聲從拖吊車底盤傳了出來。伴隨著規律的喀啦喀啦聲，車子緩緩的拖上岸來了。

黑色的後保險桿最先映入眼簾。然後是後車廂，接著是印著計程車認證號碼的白牌子，最後是黃底黑字的車牌：

WHAMU1

雷基目不轉睛的看著離開水面後更加清楚的車牌。

他知道溫柏利早就先一步從潛水員那兒得知車牌號碼，並且正等著看他的反應。但是他並不想露出任何表情，事實上，他絞盡腦汁想爲一切找出合理的解釋。

「我相信它和你當事人的計程車車牌號碼相同，對吧？」溫柏利顯然對雷基的沉默感到不悅。

「知道這是怎麼回事嗎？」

「當然不知道。」雷基說。他接著補充。「除非有人故意利用我當事人的車牌號碼來嫁禍給他。我們能知道車子是什麼時候被丟進河裡的嗎？」

「還不知道。」溫柏利說。「但是現在有兩輛車的車牌號碼一樣，這表示一定有問題。如今的鑑識科學很發達。尤其是車子被丟進河裡時，車窗仍然關著。即使有河水的干擾，我相信我們很快就能知道哪輛車是眞正的犯案工具，哪一輛車才是你當事人的。」

雷基說：「我也這麼希望。」

「我知道你對你代表的客戶很挑，希斯，你比大多數的律師都來得嚴格。不過這個新發現可能會改寫你當事人不在場證明的可信度。你可能需要進一步解釋那捲監視錄影帶。我的意思是，你怎麼知道它錄到了你需要的東西？監視器十次裡有九次是錄不到你要的東西。通常都只是錄到一些廢物。」

「我是用猜的。」

「那你眞是好狗運！」溫柏利說：「至於是哪種狗運？我們很快就會知道了。」

雷基只能點點頭。他看著車子慢慢的從河裡被拉上岸，髒污的河水從底盤傾瀉而下。

上次警方沒能從沃特斯家的計程車上找到證據，讓溫柏利感到十分尷尬。現在工作人員正非常仔細而緩慢的執行每一個步驟。很明顯的，他要確定這次的蒐證工作百分之百正確。換句話說，整個過程可能要花上好幾個小時才會完成。

雷基謝謝溫柏利通知他到場，然後轉身走向他停車的地方。

才走了半步，他便差點被一個緊貼在他身後的人絆倒。閃電般的白光突然亮起來，讓他一時間什麼都看不見，雷基本能的伸出手，抓住了光源的衣領。

那人沒有掙扎。雷基馬上明白那道閃光是什麼。那光剛才幾乎就在他眼前，讓他根本沒有時間反應。

「或許你該放了他。」雷基聽見溫柏利說。

雷基一邊眨眼，一邊鬆開拳頭，放了《太陽報》的攝影師。

攝影師的旁邊站了一個掛著《太陽報》識別證的記者。上面印著：艾瑪．史巫普。而且，他認得那張臉。就是她，帶著同一個攝影師，在法庭外大批媒體中跑第一的女記者。

攝影師並不想跟雷基起衝突，他只是想拍幾張照片而已。他退後一步，和雷基拉開距離。

雷基看得出來才二十出頭的艾瑪．史巫普，顯然正野心勃勃的要在事業上大展鴻圖，她一定不會放過說話的機會。

「很好。」她對雷基說：「你現在是不是也想像打我老闆時一樣，揍我一拳？」

她的用字遣詞簡明扼要，針針見血。有如機關槍般的說話速度，讓聽的人連想的時間都沒有。但你也沒辦法裝作沒聽到，因為她講得非常明白清楚。只是她說得很快，你根本來不及消化，做出適當反應。

這對記者或律師，都是很有用的技巧。只有在最好的公立學校念書，才訓練得出這種風格。毫無疑問的，她家裡顯然有點錢。但想當然耳，那樣的家庭必然也會覺得她目前寫的低俗報導有失身分地位。雷基猜想，她內心應該相當不平衡吧？

他知道對於她提出來的問題，還是不答為妙。不論他說什麼，隔天見報時，一定會被斷章取義。但他還是忍不住反擊了。

「你父母並不認同你的作為，對吧？」他說。

她大吃一驚，退縮了一下，看起來好像很難過。雷基趁機轉身離去。

在他走之前，他看了溫柏利一眼。「是你請他們來的嗎？」

「不是我。」溫柏利說。「不過只要他們沒有妨礙調查，我也不能趕他們走。至少我上司是這麼說的。」

雷基繼續往他的車子走，記者和攝影師緊跟在後，一路上的鎂光燈和問題從沒停過。年輕記者咬住目標不放，一副初生之犢不畏虎的樣子。

「對於另一輛計程車和你當事人的車有相同的車牌號碼，你怎麼解釋？你後悔讓你的當事人被釋放嗎？你覺得你應該對剛發生的謀殺案負任何責任嗎？」

艾瑪·史巫普的問題，個個命中他的要害，攻勢凌厲彷彿在報復他剛才對她的傷害。也因此，雷基不禁認眞考慮是否該回答她的問題。

他回頭看她。新聞記者拿到獨家消息的期待點亮了她的雙眼。但雷基即時把到了嘴邊的話吞了下去，還是什麼都沒說。

他坐進車裡，很快的關上門，倒車避開擋在前頭的《太陽報》記者。車在泥濘的地上打滑了一下，然後揚長而去。

他知道明天的頭條將比以往更爲聳動。《太陽報》不會等鑑識報告出爐，他們馬上就會開始煽風點火，搞得天下大亂。

雷基一邊駛離洛茲路，一邊打電話給他的當事人，卻沒有人接。他改打給妲拉，一樣沒回應。他有點生氣，覺得在這種時候妲拉應該要守在電話旁才對。他沒辦法，只好又在答錄機留言給她。

他駛向新蘇格蘭警場，決定去做一件一開始就該做的事情——親自查看那些錄影帶。

警場的證物管理員小心而仔細的將那捲不在場證明的錄影帶準備好，讓雷基在一間空調開得很強的小房間裡面看。

雷基一次又一次的看著帶子，他找不到任何變造的痕跡，沒有間斷、沒有雜訊、沒有重複或移位的影像。而且，錄影帶從監視器取下來之後，就原封不動的送到皇家檢察署，交給蘭登。就算蘭登再怎麼陰險，也不會竄改證據。這不值得他拿前途去賭。

所以錄影帶的內容眞實有效，這個假設前提仍然成立。但兩輛車有同樣的車牌號碼。到目前爲止，沒有證據指出沃特斯開的到底是哪一輛。換句話說，他現在沒有不在場證明。

更糟的是，這個新發現不僅對他當事人的清白造成損害，而雷基在聽證會上明確指出錄影帶的行爲，更會讓人以爲他早就知道帶子上的內容，甚至認爲是他安排了一輛車在那個時間、那個地點出現，做爲另一輛的替身，以僞造不在場證明。

他無法合理解釋他的作爲，告訴大家是一封寫給夏洛克．福爾摩斯的信提供的線索，這對事情毫無幫助。他必須確定消息來源，他需要知道信是誰寫的。

雷基離開新蘇格蘭警場，回到貝格街的事務所。露易絲向他打了招呼後，一臉抱歉的告訴他沒有任何留言，不論是初級律師、當事人還是其他人，一個也沒有。

雷基走進辦公室，打開書桌最下面抽屜的鎖，拿出那封寫給夏洛克．福爾摩斯，提供監視器線索的信。

信封和信紙上都沒有寄件人地址。巴茲的郵戳，非常普通的雷射噴墨印表機，非常普通的列印紙。

他研究了近半個小時，卻找不到任何線索。奈吉才喜歡做這種事。雷基現在真希望當初一接到信，就把它和其他的信一起寄給奈吉。

要是他完全忽視它就更棒了，但現在想這些都沒用了。雷基把信放回抽屜重新鎖上。

他唯一想出的合理推論是：寫這封信的人，在某個時間點，一定在那個監視器附近，否則他不會知道監視器和計程車的存在。

雷基離開辦公室，坐上他的XJS，往東區開去。

當他到達下克雷普頓路上的交叉路口時，天剛暗下來。那是條主要道路，附近有幾家成衣廠和好幾棟公寓，小小的外賣餐聽和自助洗衣店穿插其中。

晚上的交通尖峰時間還沒結束，公車和自用車的流量仍大。但這區搭乘計程車的人卻寥寥可數。

雷基停好車，走到轉角，伸長脖子往上看，找尋那個監視器。

倫敦的監視器主要分布在比較不安全的公共區域，而公車亭似乎是個理所當然的選擇。他很快就找到監視器。它架設在紅綠燈上方，可以拍到公車亭，和它周遭五十呎左右的範圍。

離公車亭幾碼的地方，有一家便利商店。舉目望去，這家商店可能是在沃特斯的車被拍到時，唯一還開著的店。

雷基朝店員走去。一輛公車正好經過，柴油引擎發出巨響。雷基等公車離開後，才向店員自我介紹。兩分鐘後，另一輛公車經過，對話只好再度暫停。

「總是這樣嗎？」雷基問。

「一直都是這樣。」店員回答。「白天、晚上都是一樣。」

雷基仔細想了一下他說的話。

「失陪一下。」他說。

雷基走回裝了監視器的轉角，確認它的角度。這時候，剛好一輛公車開來，停下，然後開走。

雙層公車來往如此頻繁。超高車身擋住了所有出現在公車另一側的東西。但監視器居然清楚的拍下了計程車車牌號碼，這得要有非比尋常的好運才能剛巧遇上沒有巴士或卡車擋在中間。清楚拍下車號，這簡直不可思議！

雖然不可思議，但還是有可能，因爲它確實發生了。

雷基又走回店員身邊。

「店開到很晚嗎？」

「通常到半夜十二點半才關門。」

「發生切爾西命案的那個晚上，你在這裡嗎？」

店員想了一下。「四、五天前是嗎？」他點點頭。「我在啊！我通常都在。」

「那天你注意到任何不尋常的事嗎？」

「發生在西區的命案，我在這兒怎麼會注意到什麼事？」

「當然。沒什麼，我只是想知道有沒有任何和平常不一樣的事？」

「沒有，都很……正常。」

「不好意思，耽誤你的時間。」

「你這麼一說，倒是讓我想起在那天前一晚的事。」

雷基停下腳步，轉身走回來。

「怎麼說？」

「那晚來了一個非常漂亮的女人。超正的馬子！以前沒見過她。她從計程車上下來。一雙腿美呆了。她走到轉角，就像你剛剛那樣，看了看上面。然後她走到公車亭，仔細看了一會兒時刻表。我猜她想抄下什麼，可是她的筆壞了。我覺得我眞是走運！因爲之後，她就走進我的店裡買筆。」

店員拿起一支專爲觀光客設計的廉價原子筆，外型像個縮小的大笨鐘。

「我送了一支給她。她眞是太正點了！」

「還有發生別的事嗎？」

「我問她，還有什麼事我可以爲她效勞的嗎？如果你知道我是什麼意思。」他笑了。

「結果她用足以凍結我全身的眼神冷冷的看了我一眼。我不是沒被女人拒絕過，但那麼冷酷的神情，眞的很嚇人！尤其是那麼綠的眼睛。眞是我見過最綠的一雙眼睛了。然後她就坐回計程車離開了。」

「綠眼睛。」

「對。」

「哪一種綠？」

店員面無表情的看著雷基。

「綠就是綠。我又不是眼科大夫。」

「如果你再見到她，你會認得嗎？」

店員笑了。他說：「當然沒問題。那小妞的模樣已經印在我腦海裡了。必要時，我只要閉上眼睛，她就會出現在我的眼前。」

「如果你看到那個計程車司機，還能認得出來嗎？」

店員搖搖頭。「我可沒空注意他。」

雷基轉身準備離開。那個美女的身分可能根本無從查起，繼續留在這裡東問西問似乎也沒多大的意義。

突然間他想到一個最重要的問題。

「還有一件事。你寫過信給夏洛克．福爾摩斯嗎？」

「什麼？」

「你寫過信給夏洛克．福爾摩斯嗎？尤其是最近幾天。」

店員目瞪口呆的看著雷基。

「或者你知道有人寫過嗎？」雷基又說。

「你是笨蛋嗎？還是你覺得我是笨蛋？」

「絕對沒有這個意思。謝謝你的幫忙！」

雷基坐回車上，拿出手機，又撥了一次妲拉的號碼。

電話響了很久，但沒被轉接到語音信箱。過了一會兒，電話被轉到另一條線上，然後又響了幾聲。

妲拉終於接起電話。雜訊很多，她應該是把它轉到手機了。不清楚，但聽得出來是她沒錯。她用一種雷基從沒聽過的語氣說話，聽起來很擔心的樣子。

「他打過電話給我。」她說。

「誰打電話給你？」

「我們的當事人。他沒打給你嗎？」

「沒有。」

「我要他打電話到你的辦公室。你不在嗎？」

「我不在。我在下克雷普頓路和紐維克的交叉路口。你知道這個地方嗎？」

「知道。就是那裡的監視器拍到他的，不是嗎？」

「是的。我剛剛跟監視器附近一家商店的店員聊過了。」

她沉默了片刻。「店員？」

「對，一個便利商店的店員。那邊還販售一些觀光客紀念筆。做成大笨鐘的樣子，專門賣給觀光客，或是手邊剛好沒筆的人。」

又是一陣沉默。然後她聽起來很生氣的說：「你爲什麼要告訴我這些？」

「你不知道爲什麼嗎？」

「我在說我們當事人的事，你卻在那裡瞎扯什麼筆！」

「你在哪裡？」雷基問。

「我在往他家的路上。就快到了。我們在那裡碰面吧！」

「在哪裡？」

「我們當事人的住處。眞是的！你可以在那裡跟我碰面嗎？」

雷基正在考慮，還來不及回答她，她就已經搶先說：「請在那邊跟我會合。」她的聲音聽起來好像快哭了，不知道是因雷基而感到挫折，還是有其他的事。「我不想單獨和他面對面。」

這時聽到嗶的一聲，電話斷了。

雷基發動引擎，往南邊開去。

他對妲拉的氣憤此刻已經煙消雲散。她當然不會設法幫當事人製造僞證，讓雷基成爲代罪羔羊。雷基覺得自己居然如此懷疑她，眞是可恥！

雷基往斯特普尼急駛而去。他現在並不氣她，他是怕她。

二十分鐘後，他轉進了斯特普尼的洛克斯利街。

已經是晚上了。雖然時間還不算太晚，但街上冷冷清清。路上民宅新舊交雜，只有前面門廊的燈，散發出微弱的光芒。

沃特斯的住處是一棟坐落在殘破街道盡頭的褐石房屋。雷基把車子停在房子前面，可是沒看到妲拉。

他走下車，來回打量整條街。不論哪個方向，都沒有車子過來。只有幾輛停在路邊的車子，但看起來也都沒人在裡面。

妲拉沒來，但沃特斯的古典計程車在。

不一定要等到她來。雷基往沃特斯的住處走去。門廊的燈是關的，他停下腳步。從街上看不清楚門口的情形，他走近後才發現門是虛掩的。一個斷斷續續的高頻刺耳機器響聲從裡頭傳了出來，同時還伴隨著一種規律的嘎嘎聲。

雷基沒將門推開。他先在前廊敲門，沒有回答。他又敲了一次，同時喊著沃特斯的名字。還是沒人回答。

雷基推開大門。機器響聲還是持續從房子很裡面的地方傳來。他又喊了沃特斯的名字，並在門口停了一下，等眼睛適應裡面昏暗的光線，然後環顧四周。

雷基看到起居室有兩個出入口；一個通往廚房，另一個則通向走廊。

起居室看起來很普通，和其他的單身上班男子沒有兩樣。看起來沒花多少錢，卻裝飾得很花俏，想必是爲了讓來訪的女伴印象深刻。

大部分的裝潢費用應該是花在黑色皮沙發、立體聲音響，以及兩人用餐桌。餐桌上有塊藍黑色的玻璃，隱隱映出鄰家門廊的燈光。

一瓶已經打開的酒放在餐桌上，但雷基沒見到酒杯。

桌上另外還有一個咖啡色的皮背包。背包開著，可以看到裡面有個亮亮的東西，看起來像是男用表的表帶。

雷基又喊了沃特斯的名字，還是沒回應。機器的嘎嘎聲持續從屋子深處傳來。

他想確認一下背包裡那個亮亮的東西不是他所想的。當然不會是，如果是，當初警方搜索這裡的時候就會發現，然後寫在第一次的搜查報告裡了。

雷基已經站在門口。一不做二不休，他朝屋裡走了兩步，彎下腰來，沒碰觸任何東西，只朝背包裡看了一眼。

眞是該死！

既不能碰它，也不能把它從背包裡拿出來。光線如此昏暗，他實在無法確定。但是，它看起來就像是被殺死的美國觀光客不見的勞力士金表。

雷基不可能伸手去碰背包或其他東西，他不想被冠上毀損證物的罪名。立刻離開這兒才是上策。

但是那個噪音一直從廚房傳出來。

雷基決定再往前走三步，來到廚房的入口，探頭往裡面看。

廚房很小，放了一張松木早餐桌，旁邊有兩張椅子。磨損的富美家流理台鑲了一個白瓷水槽裡面堆放著一些盤子。流理台角落有個購物紙袋，裡面丟了些壓皺的食品包裝紙和空的啤酒罐。

但聲音並不是從廚房傳來的。廚房的另一頭還有個房門半掩的小房間。聲音是從那裡傳出來的。

這時，雷基想起來那是什麼聲音。至少認出了一部分。是洗衣機。最近幾年，他都把衣服送去外面洗，已經好一陣子沒使用洗衣機了。但是，從小到大，他看著母親用它，而且他母親的小小洗衣房也是在廚房旁邊。

小時候在家裡，雷基每天都會聽到這個聲音。一個很普通，卻讓人安心的聲音。洗衣機的運轉聲，帶他回到童年時光。有那麼一瞬間，他覺得那些衰事都沒發生，沒有深夜半掩的門，餐桌上的背包也沒有跟古典計程車謀殺案扯上任何關係，什麼都沒有。因爲這兒有個正在運轉的洗衣機，一切都該是再正常不過的。

但是這裡並不是雷基小時候的家。這時，他又聽到了尖銳的金屬刮擦聲。

雷基穿過廚房，走向洗衣間。聲音愈來愈大，顯然是從那兒傳出來的。

洗衣間的門只開了一點點縫。裡面很暗，細細的門縫實在看不到任何東西。於是他推了一下門。

門推不開。雷基可以感覺到有阻力。有東西擋在它後面。

他用肩膀抵著門，使勁推，硬是把它推開了。

門猛的打開，「碰」一聲撞到牆壁。雷基看見了洗衣機，也聽到它火力全開似的喀啦喀啦響。

昏暗的燈光下，他看見這個小小房間另外還有兩個出口。一個開著通向臥室，另一個鎖上的則是通到外面。

他低下頭，查看到底是什麼東西擋住了門？結果，他看到了屍體。

是沃特斯。

他面無表情的仰躺著，雙腳伸向房門。

雖然光線昏暗，但雷基心裡有數。不過他還是蹲下來確認。沒有生命跡象。血染紅了整個地板，還有沃特斯身上的絲襯衫。

從洗衣機持續傳來的喀啦巨響這時突然停止，接著機器發出唧——的刺耳聲。那種聲音眞讓人抓狂。雷基想都沒想，馬上站了起來，伸手打開洗衣機的蓋子，好讓它停下來。

可是它沒有停。雷基探頭檢查了洗衣槽。發現裡面是滿滿的黑色泡泡水。他實在不知道聲音到底爲什麼還不停？

他把手伸進熱水裡，摸到一個又硬又尖，絕不可能是衣服的東西。他很快把東西撈出來，放在洗衣機上。這時候他才發現自己被割傷了。

是一把廚房用的料理刀。但應該是別的東西割傷他，因爲雷基是抓著刀柄把它撈出來的。

雷基檢視他手心的傷口時，有個刺耳的聲音仍持續傳來。雷基這才發現，他現在聽到的聲音根本不是從機器傳出來的，而是從屋外。

是警笛的聲音。警車正慢慢的停下來，就在房子的前方。

在那一瞬間，雷基回想著自己是不是將指紋留在那把滿是泡泡的刀子上？有沒有因爲自己的粗心大意，讓流出來的血滴到屍體或地板上？但是，就算有，也沒時間處理了。因爲，員警已經站在門廊了。

他根本無路可逃。唯一的出路就是出去和他們面對面。他快步的走進起居室。就在員警出現在門廊時，他已經把手機從口袋裡拿出來，看起來像是正要打電話報警。

「在廚房後面。」雷基對一位站在門口的員警說。雷基眞希望自己在說這句話的時候，手既沒淌著血，也沒滴著肥皀水。

12

早餐時間，蘿拉獨自坐在切爾西區離斯隆廣場只有幾個路口的藍鳥咖啡廳裡。她看著窗外，等著雷基的弟弟到來。

褪色牛仔褲和黑色上衣，她看起來和國王學院的研究生沒什麼兩樣。她盡量低調，想隱身在斯隆廣場閒逛的人群裡。

但是效果顯然不佳，她應該把一頭引人注意的紅髮包起來。雖然蘿拉已經習慣不去遮掩。兒童時期，她曾因此飽受嘲弄，所以她從小就教育自己，要有自信，永遠不要把它遮起來。到了青春期，男生們，就像現在的男人一樣，學會用不同的眼光來欣賞她的頭髮，更讓她不願意掩蓋它的風采。

雖然她故意大聲告訴領班將兩套餐具都留下，還是擋不住其他人愛慕的眼光。眞希望奈吉能快點來。

很奇怪。從七歲開始，她就知道自己想當演員。現在她不僅實現了夢想，還有一個世界上最有錢的男人，想盡辦法、千方百計的奉承她。

可是，爲什麼她會覺得自己的生活一團亂呢？

她知道一旦電影開始上演，所有的事情只會變得更加複雜。謝天謝地！幸好今天早上在藍鳥咖啡店的側廳裡沒人帶相機，也沒人的手機是有照相功能的。

奈吉的身影終於出現。他向這兒走來，顯然是又去搭地下鐵了。雖然她常常看到奈吉像老美一樣出手大方的給小費，但他似乎從不覺得自己搭得起計程車。不過，她就是喜歡他這個樣子。

但是她在心裡提醒自己，一定要找機會告訴瑪拉，如果哪天奈吉開始賺錢，要記得教他怎麼花錢才行。

奈吉隔著小桌子在蘿拉對面坐下。

「在飛機上還好嗎？」蘿拉問。

「飛得久了點，轉機轉了三次。你聽過『意得網』嗎？」

「是遊戲節目嗎？」

「很類似。你出個價，然後看航空公司願不願意接受。」

服務生走過來，準備點餐。

「一份歐式早餐。」奈吉說。

「早午餐我來請。」蘿拉說。

「不用了。」

「要，你要讓我請。不然我連你的機票錢都不出。」

「好吧，那麼，我就來份龍蝦歐姆蛋吧！」

「這才像話。我也來一份。」

點完餐，服務生離開。

「瑪拉沒和你一起來嗎？」

「她有個展覽會，我想在展覽結束之前趕回去。」奈吉說：「所以，雷基最好肯聽勸。」

「希望如此。」蘿拉說。

奈吉從他外套的口袋掏出一封信，把它攤開。

「收到這封信時，我就警告過他。可是他根本不把它當一回事。」

蘿拉把信拿過來，在白色的桌巾上攤平，開始讀。

她看到一半，突然笑了起來，一抬頭，看見奈吉的表情，便努力擺出正經的樣子把剩下的部分讀完。

「嗯。」看完後，她說：「確實是有一點點恐嚇的意味。」

「『我一定會幫祖先報仇』？我認爲這句話可不只『有一點點恐嚇』而已。」

「嗯，好吧！如果你把『祖先』兩個字去掉的話，確實如此。但是他恐嚇的對象是夏洛克·福爾摩斯，又不是雷基。」

「不對。它恐嚇的對象是在貝格街二二一號B座的大律師，是寄信人**以為**的夏洛克·福爾摩斯。而那個大律師就是雷基。」

「奈吉，信末的署名是『莫里亞提』。那只是個惡作劇。」

「不難想像可能有個人正在外面幻想他就是莫里亞提。」

「我猜是有可能。」蘿拉不太相信的說。

「這種人可能很危險。」

蘿拉又把信看了一遍，點點頭，然後說：「我想你是對的。只是和實際發生的事比較起來，這似乎太……太過理論了。」

「我就知道！」奈吉幾乎從椅子上跳起來。「我就知道你隱瞞了什麼。你幫我付機票錢，絕不會只爲了看這封信。發生了什麼事？」

「他被關起來了。」

奈吉坐回椅子上，鬆了一口氣。顯然他原來預期的情況，比這還糟糕。

「是謀殺。」蘿拉補充。

奈吉有點裝腔作勢的說：「希望不是事務所裡的人。不然他將來會很難再僱到人的。」

「不是。」

「那麼是誰？我們並沒有太多親戚可供選擇啊！」

「他的當事人。」

奈吉頓了一下才反應過來，然後說：「客戶不付帳時，他確實會很生氣。」

「警方認爲是因爲雷基的當事人要了他，讓他成了僞造證據的同夥。當初雷基很技巧的讓他獲得釋放。可是釋放之後，他又殺人。」

「嗯。」奈吉一邊把糖加到茶裡，一邊攪拌著。

「那個動機實在太薄弱了，不是嗎？」蘿拉說。

「對雷基來說，愚弄他，這個理由就夠了。」

「他似乎眞的很在意這個，連被捕都沒這麼困擾他。但是老實說，奈吉，有哪個大律師，會因爲他的當事人有罪，就要置他於死地呢？」

奈吉聳聳肩。「我就想過。那還只是個侵權的案子而已。」

「我想你是個例外。話說回來，你也沒眞的去做啊！」

奈吉點點頭，把奶油塗在吐司上，然後說：「你知道爲什麼我哥哥這幾年都不再接刑事案件嗎？」

「不知道。但是他倒告訴過我爲什麼他開始接刑事案件。」

「眞的？」奈吉似乎很驚訝。

「是的。就在幾天前。」

「他告訴你有關我父親、球賽，和所有的事情？」

「是的。」蘿拉說：「怎麼了？都是眞的，不是嗎？」

「是眞的。但我從沒聽他提起過。你眞有本事，能套出他的話。」

「事實上，我沒怎麼套他話。」蘿拉說，只允許自己有一點點驕傲。這時，她發現奈吉還塗著同一片吐司。

「怎麼了？奈吉。」蘿拉說：「有事就說啊！」

「他告訴你，他是怎麼開始接刑事案件的。那麼，他也告訴你，爲什麼他不再接刑案嗎？」

「倒是沒明講。」

「那是發生在認識你之前，我是指在我們兩個遇見你之前。」

「好了。我知道你是什麼意思。」

「有一位退休的員警被指控在離婚時，謀殺了他太太。雷基在預審聽證會上讓他獲得釋放。結果員警馬上趕回家，把他的岳母也殺了。」

「我想我聽過那個案子。」

「從此以後，雷基不再接任何刑事案件。其實，不單只是爲了遇到一個爛當事人。雷基告訴過我，他對刑案也感到厭煩了。他說：『我以爲，我是在爲那些和父親一樣、被體制誣陷的人，伸張正義。但是後來卻發現，實際上我是在助紂爲虐，幫那些當初對父親大打出手的小混混一樣的人脫罪。』」

「是。」蘿拉低聲說：「我可以理解他爲什麼會感到沮喪。」

「從那之後，他就沒再接過刑案了。」奈吉說：「所以我很好奇是什麼原因，讓他接了這個案子？」

蘿拉想了一下，然後說：「我聽他提起過這個當事人。說他多麼努力工作，說他怎麼決定入行，以及他如何充實自己。我認爲，他覺得他是在爲你父親或是和你父親很像的年輕人辯護。他說他要確定這次的結果是正義的。」

奈吉想想她說的話，認同的點點頭。

「但是很不幸的，這點更印證了檢方的理論，他們認爲雷基就是因爲被愚弄而如此生氣的。」

「但是他們不能單憑動機就定他的罪，不是嗎？」蘿拉說。

「話是沒錯。他們有其他的證據嗎？」

「幾乎沒了。只有雷基留在廚房料理刀和洗衣機上的指紋，在地上一、兩滴雷基的血，以及沃特斯死亡十幾分鐘後，還逗留在現場，手上割傷的雷基。」

「怎麼會發生這麼要命的事？」

「我想，一步錯，步步錯，就像其他事一樣。我從雷基的事務所拿到警方的報告。」蘿拉說。她從皮包裡把報告拿出來，遞給奈吉。「他們在雷基撈出刀子的洗衣機裡，還發現一個破掉的酒杯。這線索應該非常有用才對。」

「在洗衣機裡發現酒杯和刀子？」

「是的。」蘿拉說：「他們還在餐桌上的一個袋子裡，發現了一只勞力士男表。」

奈吉仔細讀起報告。「刀傷是正面的，沒有防禦性的傷口。現場有另一只酒杯嗎？我是說，不在洗衣機裡的。」

「我不知道。有什麼差別嗎？」

「可能會有天壤之別。我相信，有或沒有，蘇格蘭警場都不會主動告訴我們的。指紋呢？」奈吉一邊翻著報告，一邊說。

「目前爲止沒聽說。但是我猜他們沒辦法從一堆已經在熱肥皀水中攪得軋軋響的東西上採到任何指紋吧？」

「是沒辦法。」奈吉說：「但是在我看來，受害者顯然認識凶手，而且當時凶手沒戴手套。所以犯案後，才需要清理現場。但是非專業的凶手，手腳也會不夠俐落，不可能即時擦掉每一個指紋。」

「但如果是專業的凶手呢？」

「總會在某個地方，即使只有四分之一吋，一定有那麼一丁點的指紋沒被抹去。只要知道去哪裡找的話。」

「我希望你是對的。」蘿拉說。接著她又問：「粉狀？還是液體？」

「什麼？」

「紙盒裝？還是瓶裝？報告裡面提到是哪一種清潔劑嗎？」

「沒有。」奈吉說：「有關係嗎？」

「我希望是盒裝的，最好還是廉價品。」蘿拉說。

「爲什麼？」

「奈吉，你沒洗過自己的衣服嗎？」

「當然我……」奈吉才開口，立刻閉上嘴，然後開始思考。「嗯，那是個很大膽的猜測。」他說：「但是我會問一下溫柏利，以確定他們檢查到了。」

奈吉繼續讀著報告。「該死，他們說那只勞力士上刻著雷基當事人被控殺害的男性遊客的姓名縮寫。」

「即使可能是凶手的人也死了，我們還是要小心的說『被控』嗎？」

「沒錯。」奈吉說：「我們這麼說，會讓我老哥心裡好過一點。他會覺得他不見得眞的放走了一個有罪的人。」

「嗯，這件事一直讓他悶悶不樂。我去探監時，幾乎沒辦法讓他開口說話。對這事，他牛角尖鑽得很深。這也是爲什麼我會叫你回來。」

奈吉看著蘿拉，好像她才大大稱讚他一番。他的表情讓她驚訝，因爲她覺得她不過是說出事實罷了。

「他被起訴了嗎？」奈吉幾乎是語帶權威的問。

「今天早上起訴了。審理的法官就是兩天前，釋放雷基當事人的同一位。他非常不高興，馬上就把雷基的案子交付中央刑事法庭。」

「那麼，保釋聽證會是什麼時候？」奈吉問。

「今天下午。」

「我們需要一個大律師。我想庭上不會樂於見到雷基自己站在法庭上，爲自己辯護的。」

「雷基說，去找傑佛瑞．蘭登。」蘿拉說：「他很厲害嗎？」

「對。」奈吉說：「而且很嚇人，如果你問我的話，我會說他是非常陰險的人。不過，當他和我們是同一陣線而非站在檢方那邊時，對我們比較有利。推薦那個當事人給雷基的初級律師現在怎樣了？他可以幫我們什麼嗎？」

「是『她』，女的。她，要不是失蹤了，就是剛好出城，再不然就是故意躲了起來。這要看你問的是誰，雷基？新蘇格蘭警場？還是我？雷基說她聽起來好像很苦惱的樣子。在那之後，他就再也沒她的消息了。她有語音留言，但裡頭說她要出城度幾天假。」

「是喔，她倒安排得挺好。」

「我也這麼認爲。」

「所以，因爲她的語音留言，警察就不找她了？」

「沒錯。至少現在還沒去找。」

「好吧！」奈吉說：「當你和蘭登忙著出席保釋聽證會時，我試試看能不能找到她。」

「你不去？」蘿拉問。

「我和雷基出現在同一個保釋聽證會？」奈吉說：「不好吧！除非你想看我們兩個都被關起來。」

13

奈吉踏進貝格街的多塞特大樓大廳時，很意外的發現自己居然產生和以往截然不同的感覺。

到目前爲止，他認得出來的景物都沒變：入口的玻璃門、大廳的大理石地板、警衛室的老保全、在財經樓層穿梭專業而性感的女職員，好像都和以前一樣。

也許不一樣的是，上次他從這個大廳狂奔出去，趕往希思羅機場，想搭下一班前往洛杉磯的飛機時，他知道有個屍體就躺在大廳正上方的二樓，他的辦公室裡。

沒錯，這大概就是不同之處。

奈吉走進電梯。門還沒來得及關上，就有一隻手伸進來擋住了門。

一位奈吉沒見過的男子走進來，按下最高樓層。

當電梯開始上升時，那位先生看了奈吉一眼。

「你是希斯，對吧？」他問。

通常，奈吉會禮貌的點點頭。但是這趟旅行眞的飛太久了。雖然和蘿拉共進的早午餐還算愉快，但是用餐時的談話內容和目前所需面對的任務，讓他倍感壓力。所以他現在心情十分浮躁。

「難道我們在生物學上是某種特定分類？」奈吉回應他。

「我不知道。」男士說：「但也不會排除這種可能。我只是覺得你和……我猜那是你哥哥，雷基，長得很像。我是瑞佛提。」

奈吉仔細的打量他，然後說：「租賃委員會。」

「啊！」瑞佛提說：「我就說嘛，你是那個注意細節的弟弟。」

奈吉沒對他的話做出反應。他不知道瑞佛提指的是寫給夏洛克·福爾摩斯的信，還是對雷基事務所很重要的租約條款。不過不管是哪一個，討論起來好像都很麻煩，尤其是瑞佛提給他一種自我感覺過度良好的印象。

很幸運的，瑞佛提似乎沒有要繼續討論下去的意思。電梯門開了，奈吉很快朝瑞佛提的方向點點頭，走出電梯，走向他以前的辦公室。

奈吉沿著走廊前進，愈走愈奇怪。過了一會兒，他才明白，不是因爲他離開太久，而是因爲在忙碌的工作日裡，這個地方居然出奇的安靜。看來雷基的生意不怎麼好。他已經快走到祕書的位子，但從出電梯之後，他沒有遇到任何人，這顯然不是個好現象。

至少祕書還在位子上。新的祕書，雷基從洛杉磯回來後才僱用的。

一看見奈吉進來，露易絲站起來，很快離開位子，站到隔間板和桌子之間。

「這裡是貝格街雷基·希斯大律師事務所。」她熱情的招呼著。

「是。」奈吉說：「我是奈吉·希斯。我是……」

「喔，對。」她說：「我聽過你。」

「你聽說過我是兄弟中比較高、比較帥、比較負責任的那個嗎？」奈吉說。當然，除了奈吉主觀認為的「比較帥」之外，他說的其他部分顯然都不是事實。

露易絲只稍稍楞了一下。她凝視後方，顯然正絞盡腦汁，想著該如何得體的說謊。

「沒錯。」她咧嘴一笑，小聲回答。

「說得好。」奈吉問：「你知道雷基目前的狀況嗎？」

「他現在……」

「你說，沒關係。」

「身體微恙。」她終於鼓起勇氣說出口。

「沒錯。」奈吉說：「如果有初級律師突然造訪，你就要這麼說，或是用類似的理由推拖。我們都知道雷基在什麼地方。但是堂堂一個大律師，待在那種地方，實在不是什麼好事。」

「是。」她低聲的說。

奈吉接著說：「只要雷基被起訴的一天，他就一天拿不到新的訴訟案，同時也會被八卦雜誌抨擊得體無完膚，搞到事務所不得翻身。在開庭前，我們還有幾個星期的時間可以蒐集證據，以免他真的被送進監獄。但是我們能挽救他事業的時間也只有短短幾天了。你可能聽說了，雷基和我不一樣，他很重視他的律師生涯。」

「是的。」她說：「我注意到了。」

「很好。保釋聽證會已經安排妥當了。我拿到雷基的逮捕報告，但我還需要一些其他的東西，包括雷基那件古典計程車案檢方作的案情陳述報告、初級律師當初提供的案件說明，還有，我們必須盡快找到那個初級律師才行。」

「我一直試著要聯絡她。」露易絲說：「雷基從……那個他被……那個地方打電話回來時，交代過我。但是，我一直找不到她。」

「是的，我聽說她很難找。」奈吉說：「真的很奇怪。就算她覺得她的案件已經結束了，跟她沒關係了，但你不覺得在她看到今天早上的報紙後，應當要打個電話來問問嗎？」

「或許她正在度假？」

「或許吧！你有她的地址嗎？」

「我確定雷基的辦公室裡有。」她說：「我去找。」

露易絲正要走向雷基的辦公室時，奈吉停下腳步，看著祕書座位的對面，那間他去洛杉磯前使用的小辦公室。

「門鎖著嗎？」他問。

「沒有，你可以進去。那是你的舊辦公室，不是嗎？」

「是。」奈吉說：「你先走，我一會兒就過去。」

於是，露易絲匆匆忙忙的去拿案件說明。

奈吉走進辦公室，順手將門關上。他靠在門上，用心感受房間裡的氣氛。

一個月前，他在這個房間裡發現之前的職員——羅伯特·歐克的屍體後，就再也沒有進來過了。

之後，他飛到洛杉磯，偵破了歐克謀殺案，解救了瑪拉，或者該說是被她解救（要看是從哪個角度來說）。初級律師執照被吊銷了，但他毫不後悔。最後，在不逾矩的情況下，他盡了一個兄弟最大的努力，嘗試讓雷基跟蘿拉和好如初。

眞令人驚訝！發生了這麼多事之後，對辦公室的感覺居然還是那麼的熟悉。

以前祕書用來藏身的舊檔案木架，仍然放在原來的角落。

「未處理」的籃子還是擺在桌上。新來的祕書繼續把寄給夏洛克．福爾摩斯的信扔進去。奈吉注意到有一點不同，顯然雷基不希望露易絲對該由誰來處理這些信有任何疑慮，便用粗體字寫了一張「給奈吉」的字條，貼在籃子的邊框。奈吉不禁微笑了。

這時，籃子裡有封新來的信。他猜，其他的信應該都寄去美國給他了。

奈吉把信拿起來。

很短的一封信：

親愛的福爾摩斯先生：

你最珍愛的。

你謙遜的敵人　莫里亞提教授　敬上

這就是全文。

奈吉坐在以前的位子上。如果莫里亞提只寄來一封信，比他更理性的人都會選擇忽略它。但是，兩封這樣的信，表示是持續性的妄想，在奈吉看來不應該隨便輕忽它。

奈吉把莫里亞提寄來的第一封信從口袋裡掏出來，和現在這一封比較。

在第二封信裡，寫信的人似乎已經升格爲「教授」。有幾秒鐘的時間，奈吉在想，說不定這兩封信是不同的人寫的。

兩封信使用相同的信紙。不過那是很普通的品牌，所以不代表什麼。

很明顯的，兩封信的字體相同。所以，在缺乏相反證據之下，相同的信紙，相同的字體，應該是同一個人。

但是，是誰呢？

當然兩封信上都沒有回郵地址，也沒有親筆簽名。

奈吉把信翻到背面看了一下，沒什麼特別的。他把信拿起來對著光照，也沒發現什麼。又把信側著拿，瞧一瞧，當然還是沒有線索。

他知道他的偵察方向錯了。他坐在辦公室裡，兩封信攤在桌墊上。除了字面的訊息外，信上一定隱藏了重要的資料，只是他還沒發現。某些東西讓他分心了。

但是，到底是什麼？最後，奈吉才想到要打開書桌左側最上面，放著鉛筆、迴紋針等等小文具的淺抽屜。

謝天謝地！東西都在，幸好雷基沒清空它。

裡面甚至還有一條沒打開的聰明豆。

讓體內糖分激增四十分鐘應該會有幫助。奈吉吃起包裹著糖衣的聰明豆。然後，他小心的把信拿起來，避免弄髒它們。

奈吉更仔細的研究兩封信上的字體。字看起來鈍鈍的，墨色不太平均，排列也不整齊，是一架手動打字機，而且是很老舊的那種。

奈吉拿著信去找露易絲。露易絲剛好要從雷基的辦公室出來，手上拿著一疊紙。

「我找到初級律師拿來的古典計程車案件卷宗了。」她說：「早先我們已經試過她辦公室的電話，只有語音服務。不過我找到她的手機號碼。」

「那麼我們試試看。」奈吉說。

露易絲拿起雷基桌上的電話，切換成免持聽筒，撥了妲拉手機的號碼。鈴聲持續著，最後終於轉到語音服務。電話公司報出她的電話號碼，要求留言。

「我討厭這些東西。」奈吉先對露易絲說，然後才對著電話留言。「芮妮小姐，我是奈吉．希斯。雷基因為你當事人的關係，被關起來了。希望你能協助我們，把他救出來。如果方便的話，麻煩你打電話到雷基．希斯事務所。」

說完他就掛上了。

「你大概以爲她會有個祕書吧！」奈吉說：「不過，我決定親自去她的辦公室看看。現在，如果你的例行公事不太忙，我還需要你幫我做件事。」

露易絲看了一眼存放初級律師送來的新案件說明的櫃子，奈吉也跟著轉過頭去看。初級律師將新的案件說明送來給大律師時，會將文件捲起來，然後用傳統的紫色緞帶綁起來。櫃子裡原本應該要擺滿這類文件的。

但是現在卻空空如也。

「我應該有時間幫忙。」露易絲說。

奈吉把莫里亞提的信拿給她。「這些信是用非常老式的打字機打的。麻煩你，看看能不能發現一些線索。」

她一臉茫然的看著奈吉。

「像什麼？」

「用打字機打出來的信，通常可以追查到它所使用的打字機。字體會說話，它們在排列上都有自己特別的角度和印記。」

「是沒錯，但是我要怎麼發現……」

「試試看修理店。或許某處會有間打字機博物館？我也不知道。一定有人會有東西可以讓你比較。如果你知道是什麼牌子？什麼型號？或許我們可以找到是誰？在哪裡買了這架機器打了這些信？你會因此大受褒揚的。」

她還是一臉茫然的看著奈吉。「我……我當然會盡力。」她鼓起勇氣說。

奈吉向她道謝，轉身離開辦公室。但是走到門口時，他停了下來。

他聞到一股香味。一開始是一種很舒服、很吸引人的香氣，是玫瑰和某些東西的混合。然後他開始想起他以前在哪裡聞過的，心中頓時五味雜陳。

「你擦了什麼香水？」

露易絲一聽他的問題，嚇了一跳，但是很快便顯得很開心。

「沒有，真的沒有。我只是在泡澡時放了東西。」說完，她馬上滿臉通紅。

奈吉嗅了嗅空氣，然後往客人座椅前進一步。他先查看椅子後面，然後又檢查椅子底下。露易絲狐疑的看著他。

什麼也沒發現。他大膽的把手伸進椅子的縫隙中。

找到東西了。他用兩根手指頭緊緊的把它夾住，小心的拉出來。

是那位初級律師的名片。妲拉．芮妮的名片。它散發著淡淡的香氣，一種奈吉熟悉的香味。

「哦！」露易絲說：「對了，前幾天，她坐過那裡。一定是她從錢包掏出來時掉下去了。」

沒什麼好緊張的，奈吉告訴自己。他可能記錯了香味。就算是一樣的香味，也可能只是巧合。兩個不同的女人，用同樣的香水，也是有的。其中一個甚至可能把它噴在名片上。

至少，他現在已經有那位初級律師的地址了。

奈吉離開辦公室，招了一輛古典計程車。他把妲拉．芮妮的地址拿給司機看。

「初級律師的地址？」司機說。

「是的。」奈吉說：「托特那姆莊園路。」

「喔，我知道它在哪兒。」司機說：「任何你講得出來的倫敦地址我都知道。但是托特那姆莊園路三百六十九號不是律師事務所。」

「你確定嗎？」奈及懷疑的說。

「當然很確定。我知道那條路，我知道那條路上有什麼，我用不著什麼該死的衛星導航系統來引導我。」這位司機的反應似乎也太激動了。

「我無意冒犯。」奈吉說。

「別在意，先生。我只是有點受不了他們硬要把那個爛東西塞給我們。」

「你是指衛星導航系統嗎？」

「你都不看報紙嗎？」

「我出城好一陣子了。」奈吉說。

「嗯，明天要舉行公聽會，到時我會讓他們知道我到底是怎麼想的。」

「你應該這麼做。」奈吉說：「很明顯的，你是個很有想法的人。不過現在，讓我們先去確認這個地址上並沒有初級律師事務所，好嗎？」

「你說得對。」

他們來到了托特那姆莊園路三百號的街區。那兒有新開的美國漢堡連鎖店、特易購便利商店、自助洗衣店。奈吉必須承認，確實不該是高尚的初級律師事務所應該坐落的地方。不過，看看他就知道了，並不是所有的初級律師都有很高的格調。

這時，車子靠邊停了下來。奈吉透過窗戶看著名片上的地址。

「真該死！」奈吉說：「是郵政出租信箱。」

計程車司機回頭看看奈吉，得意的點點頭。

「你果然是對的。」奈吉說。

14

下午一點剛過，她搭著計程車，到達和傑佛瑞．蘭登約定的中央刑事法庭入口。她看見一個穿著大律師黑底白條紋西裝的男人，很焦急的站在人行道上。他比她想像的更矮小，瘦長的臉，機伶明亮的雙眼，好像隨時準備面對四面八方的突擊。計程車門一打開，他立刻走向前去。

「蘭登先生嗎？」她問。

「是的，藍欽小姐。如果你不介意，我們直接進去吧！這次的聽證會，法庭開放了部分媒體採訪，我們盡可能不要驚動他們。」

「我非常同意。」蘿拉說。

蘿拉緊跟蘭登，通過檢查哨。

儘管她常從中央刑事法庭經過，這卻是她第一次進來。大廳裡的拱門和壁畫十分壯觀，只可惜來這兒的人，個個心事重重，官司纏身，全都無心欣賞。

蘭登護著她，快步跑上樓梯，經過一段窄小的走廊，進入法庭。

「坐在我後面那排，就像你是他家人一樣。」蘭登說。

雖然「就像」兩個字聽起來怪怪的，她還是坐了下來。

檢方大律師走進來，坐在他們左邊的一張長桌。

側門被推開，警官押著一位穿卡其連身服的高個子進來。這人正是雷基。

雷基走進介於檢方與辯方律師之間走道盡頭的被告席。他站上圍著四呎玻璃的高台，居然還有心情悄悄的對蘿拉眨眨眼。

法庭最前端的門被拉開，法官走進來，全部的人都站了起來。法警要大家保持肅靜，便開始宣讀雷基的案子。

法官頭也不抬，只是例行公事的詢問是否要申請交保。

「庭上，我們請求讓被告以『自簽擔保』的方式交保候審。」

蘭登低聲回答，以配合法官就事論事的平淡語調。但是失敗了。法官抬起頭來。

「我們說的可是謀殺罪，蘭登先生。」

「是的，庭上。但被告是一位備受尊敬的法律專業人士。」

「但是我們不會希望讓外人覺得交保系統有雙重標準吧？對法律專業人士是一套，對一般大衆又是另一套。不是嗎？」法官語氣嚴厲，一聽就明白他心裡的正確答案爲何。

「當然。」蘭登選擇了正確的答案。「我提出我當事人的專業背景是因爲他必須在被釋放後，才能好好爲自己的辯護做準備。」

「那倒是可以列入考量。不過你能舉出任何一個倫敦法庭的判例是允許一位平民殺人嫌犯，以自簽擔保的方式交保？」

「庭上，沒有。但我可以提出很多以繳交保釋金讓一個沒有暴力前科，表現良好，跟社會有密切關聯的人獲得保釋的判例。」

「嗯，沒錯，在夠高的保釋金下，我們倒是可以考慮看看。」

「謝謝。庭上。」

但是檢察官說話了。

「庭上？」

「是？」

「關於暴力前科這部分。我相信幾天前發生了一件相關的事。佛里特街上，一位受人敬重的倫敦出版業者，因希斯先生的暴力攻擊而跌進橡膠樹盆栽裡。」

「但他沒有提出告訴。」蘭登很快的表示。

「另外一件，一名攝影記者在犯罪現場盡職的工作，卻被暴力相向……」

「只是抓亂了他的領子，庭上，只是這樣。而且，他也沒有提出告訴。」

檢方輕嘆了一口氣，顯然認為幾件沒被提告的事件加在一起，居然沒辦法代表什麼，實在令人遺憾。

法官看著檢方，然後問：「還有其他的嗎？」

「也許還有我們不知道的。」檢方絕望的說。

「我相信他的意思是『沒有』，庭上。」蘭登愉快的說。

「我也是這麼認為。」法官說：「不過，或許現在你該為我們列張單子，蘭登先生。」

「什麼意思，庭上？」

「你提到的密切關聯。有什麼呢？」

「被告在倫敦執業當大律師已經十四年了。」

「這我知道。但是據我所知，他的事務所並非在一般律師會選擇的倫敦市區裡，對嗎？」

「嗯，對的，庭上。他的事務所是在馬里波恩區的貝格街上。」

「挺特別的。」

「特別，但沒違法。」蘭登說。

「他現在是貝格街事務所裡面唯一的大律師。這也是眞的嗎？」

「嗯，是的。他現在是個人開業的律師。」

「在我看來，這似乎降低了他與司法界之間的關聯。」法官說：「不過，繼續。」

「庭上？」

「一般層次的社會關聯？家庭之類的？」

「父母親都過世了，庭上。」

「他有小孩嗎？」

「呃……我不……喔……」

或許爲了避免伸長脖子仰視雷基，還是其他原因，蘭登看向蘿拉。蘿拉想了一下，然後有點不大確定的搖搖頭。

「應該沒有，庭上。」

「太太？」法官問話的對象仍是蘭登，而非雷基。

蘿拉斷然的搖搖頭。蘭登轉告法官。

「任何家人？」

「有一個弟弟，庭上。」蘭登說：「奈吉．希斯。」

「啊！對。」法官說：「我聽過這個名字。但是他不在倫敦，對嗎？」

「沒錯。」蘭登回答。

法官聽到後明顯鬆了一口氣。蘿拉還沒看到他的反應前，已經小聲向蘭登更正了。

「修正。」蘭登對法官說：「實際上，奈吉．希斯現在是在倫敦。」

「是嗎？」法官說：「奈吉．希斯回來了？」

「是的。」

法官面有難色。蘿拉看著雷基，他似乎緊張得大氣都不敢喘一聲。

法官靠回椅背，考慮了一下，然後清了清喉嚨。

「所以，現在倫敦市內，」法官說：「希斯兄弟中的一個，被控謀殺了他的當事人。如果我記得沒錯，另一個則因為試圖將他當事人的侵權費還給對方當事人，遭到了吊銷執照的處分。」

法官還是看著蘭登，不看雷基。蘭登順從的聳聳肩。「庭上？」

「或許你可以告訴我，蘭登先生。希斯兄弟是本來就有看不起他們當事人的傾向？還是其實他們想對抗的是整個司法系統？」

蘭登還在猶豫該怎麼回答的時候，雷基已經聽不下去了。

「庭上，我確定我們對當事人的態度，和你在『假髮與訟案』酒吧裡聽到喝了三杯啤酒後的大律師對當事人的態度沒什麼不同。」

法官愣住了，吃驚的看著雷基。蘿拉知道雷基一定是說了什麼不該說的話。

「或是在衡平法院路的『七星大飯店』的酒吧裡。」

法官很明顯的正在穩住陣腳，思考該怎麼反駁。

「或是在佛里特街上的『榮耀與懺悔』。」

「夠了。」法官說：「我問的對象不是你，希斯先生。總之，它們的位置我們都很清楚，而且我也不覺得在忙碌了一天後，喝杯啤酒有何不可。可是對於喝了酒就胡言亂語的律師，的確應該禁止他們飲酒。但是現在看來，先生，你跟社會的關係，似乎有些薄弱。就算你有能力付保釋金，我也要考慮一下。不過，就像蘭登先生說的，法庭認同你有為自己辯護做準備的需要。但是，看起來這個案子倒比較有可能會毀在你手上。保釋金決定為一百萬英鎊。」

「如果你決定要這麼做，不如直接將我還押。」雷基說。

「說得好。」法官說：「那就兩百萬英鎊吧！你帶了那麼多錢來嗎？有嗎？沒有？那麼，聽證會結束，被告發回監禁。」

法官退席時，全體起立，警官也同時押著雷基，朝相反方向走去。

蘭登轉身問蘿拉：「他沒有那麼多錢吧？他有嗎？」

「這就像是問他有沒有錢贖回英國政府發行的所有公債一樣。」

「我相信如果雷基再開口說話，法官確實有可能這樣要求。」

他們沿著走廊，往法院側門的方向走。蘿拉覺得蘭登和她在一起，似乎有些不自在。她想，難怪他以內向害羞聞名。

「不過，我覺得他應付得滿好的。」蘭登突兀的說。

「我覺得他看起來就像一條剛被撈上岸的魚一樣忿怒。」蘿拉說。

「下次的聽證會，就會換個法官了。我們可以對保釋金額提出申訴。」蘭登說：「剩下不到一個星期。不過我會出庭，不另外收費。希望能有個比較好的結果。」

他們走到人行道上。

「謝謝你！」蘿拉說：「我希望他可以撐那麼久。」

這時候，一輛白色豪華大轎車靠到路邊，在他們面前停下。最近這種情形常發生，所以蘿拉也習慣了。

「一定是來接你的。」蘭登不自在的笑一笑。「我們再聯絡。」

蘭登走開。車門打開了。

裡面坐的是羅伯特．巴克斯頓，打開的筆記型電腦就放在他的腿上。他伸手為蘿拉開車門，但還是讓司機走過來，拉住它。

「我可以搭計程車的。」蘿拉一邊坐進車裡，一邊說：「沒有必要每次都這樣小題大作。」

「計程車不安全。」

「你對你的報導太信以為真了。」她不知為何突然對巴克斯頓感到有些不耐煩？但此刻她眞的這麼覺得。

不過他好像沒有感受到。車子穿過市區，往瓦平駛去，蘿拉暗自慶幸的想，還好，至少就某些方面來說這是好的。

車子經過巴克斯頓牢固的總部圍牆，來到大門。門馬上應聲而開。巴克斯頓沿途講著電話，但是當車子抵達總部大廳門口時，他掛了電話。

已經是下班時間，還有許多巴克斯頓企業的員工才剛要離開公司。蘿拉以為，為了最起碼的隱私，她和巴克斯頓會從側門進去，但是並沒有。她挽著他的臂膀。巴克斯頓以散步般的速度，緩緩走過大廳，同時對幾個正要離開，卻很冒失的看著他們的記者，點頭微笑。

他們走進電梯，至少有點隱私了。當他們搭著電梯上頂樓時，蘿拉思索著，為何剛剛走過大廳的畫面，隱約讓她想起了皇家阿斯科特賽馬場競賽前的遊行？

就在電梯抵達頂層，門打開的那一瞬間，她明白了誰是那匹得獎的母馬。

這可不是什麼好事，她心想。

過沒多久，傍晚的夕陽照得整條泰晤士河波光粼粼。蘿拉和巴克斯頓坐在集團總部的頂樓露台，共進晚餐。露台上有溫室、如假包換的西班牙地磚、暖呼呼的按摩大浴缸。巴克斯頓的財力雄厚，倫敦的天氣阻止不了他享受生活。

風景美極了！

望向泰晤士河的另一邊，蘿拉可以看到雷基在巴特勒斯碼頭的頂樓公寓。那間公寓比這兒小多了。沒有燈光。當然，想想他現在人在何處。

巴克斯頓關掉手機，放在白色的亞麻桌布上。他拔起軟木栓，打開香檳酒，還說了些出產年分的事。傭人端了血腸和扇貝。蘿拉很喜歡這道菜，也知道巴克斯頓認為這是她的最愛。但她最喜歡的其實是馬鈴薯肉派——雷基認為的她的最愛。熱騰騰的菜餚香味提醒她身在何處，她實在不該讓心思飄到對岸去。於是她開始聆聽巴克斯頓的香檳故事。

然後，行動電話響了。

蘿拉露出不悅的神情。

巴克斯頓接起電話，但鈴聲依舊響個不停。

「喔。」蘿拉說：「對不起。」

她把手機從皮包裡掏出來，接起電話。當她接電話時，她看到巴克斯頓看著她。是雷基。

「哦。不，一點都不會。」她對著電話說：「我不會不方便啊！實際上，我現在還滿開心的。」

巴克斯頓有些自滿的笑了。

「我不知道他們可以讓你在晚上從監獄打電話出來。」她接著說。巴克斯頓臉上的笑容頓時消失。

「我知道。」蘿拉繼續。「嗯，我想，如果找對人，一通就夠了。你要我做些什麼？」

看到蘿拉從皮包裡拿出小筆記本和筆，開始寫備忘錄，巴克斯頓嘆了一口氣，倒向椅背，很明顯的不高興了。

「是，是，你眞的這麼想？嗯，是，當然該調查一下。沒錯。不過等等，等一下，你現在好嗎？感覺怎樣？那裡有老鼠嗎？眞的要跟大家共用浴室嗎？喔，嗯，有人聽說了些恐怖的故事。」

蘿拉沉默的聽著雷基說話。然後，她一臉抱歉的看著巴克斯頓，請他對自己待會兒的行爲多多包涵。接著，她別過臉去，將聲音壓到最低。

「雷基，我眞的明白。眞的。但是每個人每天都在做決定，不是只有律師，是每個人。而這些決定總會對某些人產生某種影響。我覺得你向來都做出正確的決定，當然你也一直盡力要做對。一個人做到最好不也就只能是這樣嗎？」

沉默片刻，她轉頭面對巴克斯頓，但仍繼續講電話。「好了，我該說的都說了，接下來就是去做了。還有什麼事嗎？因爲美味的第二道菜就要上桌了，而且——哦，我懂了。是，是。你眞的這麼覺得？嗯，好，當然該去調查一下。那麼，好吧！不過等一等，保釋的事怎麼辦？你不要我問問看羅伯特嗎……嗯，我相信他會的，如果……那不麻煩，他有的是……那眞的很可笑，沒人想藉此斷絕任何關係，只是你太固執了。那麼，再見了。」

蘿拉關上手機，把它放回皮包。確認一下她剛才寫下的東西後，才小心翼翼的將本子放回袋子裡。

「他還好吧？」巴克斯頓似乎只是隨口問問。

「你以爲被關在監獄裡會讓他憂心忡忡，可是想不到他擔心的居然是，他有沒有可能錯幫了他的當事人，讓他獲得釋放？」

「眞的嗎？」巴克斯頓一副很感興趣的樣子。

「是。」蘿拉說：「你覺得合理嗎？」

「完全不合理。」

蘿拉注意到巴克斯頓突然變得十分關心。他不只是在聆聽，簡直像是拉長了耳朵，深怕露了任何一個字。「嗯。」她說：「他就是這樣……那是什麼？」

「什麼是什麼？」

「你藏在桌子下偷看的東西。」

巴克斯頓聳聳肩，搖搖頭。「沒什麼。」他辯說。

蘿拉突然起疑，從椅子上站起來，手撐著桌子，身體傾向巴克斯頓。

「你右手拿著什麼東西？」

「沒有啊！」巴克斯頓心虛的像個偷了餅乾被逮的孩子。

「給我看，羅伯特。」蘿拉強勢要求。

巴克斯頓心不甘情不願的舉起右手，把他的行動電話放在餐桌上。

「你在做筆記？」她喊著。

「沒有。」巴克斯頓說：「好啦。只有最後那部分，關於他覺得他的當事人可能是有罪的。」

「你正打算把這個傳給你的記者？」

巴克斯頓很快的按了一個鍵，然後關掉電話。「沒有。」他說：「取消了。什麼也沒傳，蘿拉。我發誓。」

蘿拉坐回位子上，但仍隔著桌子瞪著巴克斯頓。

「一個字也不准！」蘿拉命令巴克斯頓。「我對你說過的任何關於雷基．希斯的事，一個字都不准登。」

巴克斯頓回視她，然後眨了眨眼。

「當然不會。」他說。

「一個字也不准，永遠都不准。不論是印刷，還是任何其他形式；現在有的，或還沒發現的，任何媒體都不可以。」

巴克斯頓嘆了一口氣。

「了解。」他說。

蘿拉終於可以鬆口氣，她靠向椅背。

「我不希望他沮喪。」她告訴巴克斯頓。

「別擔心。」巴克斯頓說：「我相信他們把他的狠勁收走了。」

對他的諷刺，蘿拉沒有回應。她啜了一口香檳。然後放下杯子。

「雷基要求我，無論如何都不可以開口請你為他作保。很明顯，他是因為男性自尊的問題。雖然他用了別的詞來表達，但我想他是怕那麼做會讓他不像個男人之類的。我不明白，你懂嗎？」

「完全理解。」巴克斯頓回答，又顯示出很感興趣的樣子。「那麼，保釋金是多少？」

15

隔天早上九點十五分，奈吉到辦公室和蘿拉碰面。今天他一改遲到的習慣，比約定時間早了許多。他很擔心，因爲初級律師給的辦公室地址竟然是假的！他昨晚就想告訴蘿拉了，可是電話一直打不通。

儘管他已經提前到達，蘿拉卻比他更早。

露易絲指了指雷基辦公室關上的門。「她說她不希望被打擾。」

「好。」奈吉回應。「她指的應該不是我。不然她就不會出錢讓我飛回來了，不是嗎？」

「嗯。」露易絲應了一聲，語氣懷疑。

「我需要妲拉．芮妮的住家地址。」奈吉開門走進辦公室前說：「如果檔案裡面沒有，試看看公開的文件。或者，看你能不能從她的手機公司下手。你可以假裝成她，告訴他們你想更改帳單地址。他們對這類事情通常異常主動。」

「我會試試看。」

「不管怎麼說，值得一試。」

「沒錯。」她說。

「喔。」奈吉問：「打字機的事有進展嗎？就是那些莫里亞提的信？」

「還在努力中。」

「有進展的話，要通知我。」奈吉說。

然後他推開雷基辦公室的門，往裡面瞧。

沒錯，蘿拉在裡面。她正坐在雷基的皮製大律師椅上。蘿拉把椅子移到朝外面的窗戶邊，將它轉了方向，面對街道。當奈吉進來時，她頭也不抬，一副滿懷心事的樣子。

奈吉站在門邊，決定直接切入重點。

「把這個案件介紹給雷基的那位初級律師，可能並不存在。」奈吉開口。

蘿拉馬上把椅子轉過來面對奈吉。

「你這話是什麼意思？」她問：「我雖然望著窗外出神，並不代表我想和你討論哲學問題。」

「她的辦公室地址是假的。」奈吉說：「我還查了律師公會的會員名單。」

「然後呢？」

「沒有她的名字，至少沒有妲拉．芮妮這個名字。她不是倫敦地區持有執照的初級律師，沒有任何關於她的官方紀錄。」

「那麼，她怎麼能介紹當事人給雷基？她又怎麼能執業呢？」

「裁判法庭一忙起來就會變得很隨便。如果你過得了檢查哨，又了解大致上該說什麼、做什麼，就沒問題了。甚至隔天你再來，也一樣行得通。更別提有很多小法庭連檢查哨都沒有了。」

「所以，你是說她根本不是個初級律師？」

「有可能。」奈吉說：「也有可能她現在或以前曾經執業過，只是用了另外一個名字。」奈吉從門口走進來，將一張比較小的客戶座椅拉到書桌前，在蘿拉對面坐下。「但是不管怎麼說，她顯然有問題。你見過她嗎？」

「沒有。不過，雷基一定見過，法庭上和他們在一起的人也見過。」

「前提是有人注意到的話。大律師才是眞正站起來講話的人。到目前爲止，以檢方的觀點來說，他們可能認爲那個女人根本就是雷基虛構的。」

「不能這麼說，奈吉。有圖爲證，報上登得一清二楚。有她，也有雷基。非常清楚，他們兩個在一起的照片。」

奈吉一直盯著蘿拉，試著想感覺一下她的語氣代表了什麼意思。

「那很好。」他表示。

「是。」她回應：「當然很好。」

「我們有那張報紙嗎？」

蘿拉猶豫了一下，然後把手伸進皮包裡，拿出一份古典計程車案預審聽證會隔天的《太陽報》，然後把它放在奈吉前面的桌上。

奈吉傾身，仔細端詳。

未免也看得太久了吧？蘿拉心想。

「我看不清楚她的臉。」奈吉一邊說著，眼睛仍一邊盯著報紙。

「你還眞是努力。」

「我只看到她的雙腿。」

「沒辦法。那是狗仔最喜歡的攝影角度。」她停了一下。「你不要再色瞇瞇的盯著照片看了。」

「我好像想起了什麼。」奈吉說。他原本已經要將報紙推開，眼睛卻又忍不住轉了回去。

「喔，現在流行這種說法嗎？」

「我的意思是，我覺得我好像看過它們。那雙腿。」

「喔，奈吉，算了吧！」

「什麼？」

「你是在告訴我，單憑一雙腿的照片，你就可以認出那個女人？」

「因人而異，有些腿你就是會記得。」

蘿拉嘆了口氣，看了奈吉一眼。她的眼神說明了她不相信他，即使她眞的相信他，她也寧願自己不信。

奈吉不安的扭動身體。然後不知道爲什麼，也許是騎士精神吧？他覺得有必要對她坦白。

「你左膝蓋後面的三個雀斑還在嗎？一個顏色較深，旁邊兩個比較淡比較小。」

他想看著她的眼睛說出來，但是他做不到。當她一看向他，他立刻移開視線。所以奈吉沒看到蘿拉臉紅了。

「好吧，我相信你。」她馬上回答。「不過別再談論我的膝蓋、我的雀斑，或是我的……」

「沒問題。」奈吉更快的回答。

「那麼，你覺得，你以前是在哪裡看過我們這位謎樣的初級律師的腿呢？」

奈吉猶豫了一下。現在真談到這個問題，他卻不想說了。

「我可能錯了。就像你說的，我怎麼可能只憑照片上的一雙腿，就知道是誰？」

「不是這樣吧？奈吉。不然你不會提起她。到底怎麼回事？」

「我現在不想說。」

蘿拉盯著他看，奈吉彆扭的轉換姿勢，彷彿要縮進椅子裡似的。

「我要祕書去找她家地址了。」他說：「等一找到，我就去找她。到時候，我們就可以知道更多的事情。」

「不用。」蘿拉說，她繼續盯著奈吉，想要找出奈吉防禦心突然升高的原因。「我去。」

「為什麼是你？」奈吉問。

「因為我不在乎她的腿，所以我不會像坨軟泥一樣，任她搓圓捏扁。」蘿拉說：「這讓我開始懷疑，你們兄弟倆是不是隱瞞了什麼。」

奈吉花了點時間，細想她說的話。「所以，你在擔心雷基可能喜歡她？」

「我沒那麼說。」蘿拉辯解似的說。

「好。」奈吉說：「但是如果你和她兩個開始爭風吃醋，記得要打電話給我，或是幫我錄下來。」

「我們把重點放在手邊該做的事，好嗎？」蘿拉說。

「沒問題。開始吧！」奈吉回答。

「好。」蘿拉說：「昨晚雷基在電話裡提到，我們應該把焦點放在那封告密信上，查出是誰寫的。」

「很合理。」奈吉說：「可是我已經找過雷基從初級律師那兒拿到的卷宗、警方的報告書和雷基自己的檔案。全找過了，就是沒找到那封信。」

「他說他放在書桌。我猜是最底下的那個抽屜，因爲只有它是鎖著的。」蘿拉說：「所以，問題來了。」

「露易絲沒有鑰匙嗎？」

「沒有。那是個密碼鎖，她不知道怎麼開。我試著打電話到監獄給雷基，但是打不通。」

「一旦進了監牢，他們做的第一件事就是沒收你的手機。」奈吉說：「不過沒那個必要。我們可以自己來。」奈吉繞過桌子，走到另一側，準備要開鎖。「我打賭，你知道抽屜的密碼。」

「奈吉，雷基並沒有告訴我什麼可以打開他抽屜的密碼。」

「不需要。別告訴其他人，我相信我們知道它的號碼。你生日是什麼時候？」

蘿拉笑了。「爲什麼會跟它扯上關係？」

「他不可能用自己的生日。太容易了，而且很多公開的檔上都有。」

奈吉期待的看著蘿拉。

「所以你認爲他用了我的？」她問。

「當然囉！」

「我不信。」

「如果他不是用你的，那麼回美國的機票錢我自己付。」奈吉說。

「沒問題。」蘿拉回答。

奈吉靠向那個鎖起來的抽屜，然後停下動作。

「好。試試看吧！」蘿拉說。

他心虛的看著她。

「奈吉……你不記得我的生日了？」

「我不知道是哪一年。」

「那麼其他的呢？」

「抱歉！」

「你最好記得瑪拉的。」

「我記得啊！」

這時，奈吉自動的退到一旁，蘿拉將椅子轉過來，貼近書桌的抽屜。她用自己的生日試了試密碼鎖。在拉開抽屜前，她先抬頭看著奈吉，以確定他說話算話。

「好，省下機票錢的最後一次機會。」

「你開就是了。」

她拉了一下抽屜，聽到金屬頑強抵抗發出的刺耳聲。失敗了。

「你看吧！」嘴上雖然這麼說，其實她心裡很失望。

「再試一次。」奈吉說：「這次用年分的四個數字。」

蘿拉又試了一次。

還是一樣，又聽到了刺耳的金屬聲。

蘿拉不悅的坐回椅子上，但是臉色很快恢復正常。「我贏了。你可以用分期付款的方式還我機票錢。」

奈吉困惑的看著書桌。「應該是沒問題才對啊！」他說：「書桌的密碼鎖是每天要用的。他一定會選一組對他來說很重要的數字。然後，就能利用書桌的密碼鎖，更記得那組重要的數字。」

「或許你說的沒錯。但是我確定他用的不是我的生日。」

「你錯了。」奈吉說：「他會的……除非，還有比那個更重要的數字。」

「聽你這麼說，我真是感覺舒服多了。等你知道那個更重要的生日是誰的時，記得一定要告訴我。或許……你知道怎樣會更好嗎？別告訴我。」

「我想我們現在沒時間管那個了。有迴紋針嗎？給我一支大的。」

蘿拉在桌上的一個盒子裡找到一支，遞給奈吉。奈吉把它扭成適合的形狀，然後在抽屜旁蹲了下來。

「如果我把雷基的紅木書桌刮花了，他一定會不高興的。」奈吉說。

「就刮花它吧！」蘿拉聽起來有點怏怏不樂。

奈吉把迴紋針插了進去，然後將鎖弄開。他打開抽屜，伸手進去摸了摸，然後站起身來。

「找到了。」他從抽屜拉出一張紙，很快看了一遍。「這就是那封匿名的告密信。信是寫給夏洛克．福爾摩斯的，告訴雷基有關監視器拍到不在場證明的事。」

蘿拉覺得奈吉的聲音聽起來似乎相當失望。

「怎麼了？」蘿拉問。

「我以爲會是打字機打的，跟那個自認爲是莫里亞提的人寄來的信一樣。」

「爲什麼？」

「這樣事情就簡單多了。」奈吉說。

「我覺得你應該把莫里亞提先生忘了，先專心應付手上這封信才對。如果不是用打字機，那它用的是什麼？」

「雷射印表機或高階的噴墨印表機，很難辨別是哪一種。」

「那個初級律師送來的檔案也都是用印的。」蘿拉一邊說，一邊拿起文件。

「所以你覺得告密信是她寄的？」

「有可能。」蘿拉說。

奈吉把信拿出來比較。

「他們用的是不同的字體。」奈吉說。

「列印這些東西時，你可以自由選擇字體，不是嗎？」

「是的。」奈吉回答，仍忙著比較兩張紙的異同。「而且，紙張也不一樣。連墨水看起來也不同。」

「好吧。」蘿拉說：「或許那個初級律師沒寄。我只是這樣覺得而已。」

「你爲什麼一直覺得告密信是妲拉．芮妮寄的呢？」

「這樣事情就簡單多了。」蘿拉把奈吉之前說的話再說一遍。

「怎麼說？」奈吉問。

蘿拉聳聳肩。

「嗯，不論如何，我看不出這些文件有任何相同之處。」奈吉說：「不過我們忽略了一個最大的可能。」

「是什麼？」蘿拉問。

「告密信可能是雷基的當事人沃特斯寄的。他預先幫自己做好了不在場證明。」

「如果他眞的這麼做，那就太聰明了。」蘿拉說：「但如果他當時在切爾西犯案，克雷普頓路的監視器拍到的計程車又是誰開的呢？」

「你說的對。」奈吉說：「或許切爾西那兩個人是沃特斯殺的，從橋上被丟下去的被害者也是他殺的。但也有可能兩件都不是他做的，他是被誣陷的。但是當那兩個美國遊客在切爾西被謀殺時，確實是有人開著那輛被當成不在場證明的計程車，出現在東區。兩輛古典計程車要同時出現在不同的地方，就需要有兩個古典計程車司機。」

「希望最後證實是被誣陷的。」蘿拉說：「如果眞是這樣，雷基心裡會好過些。」

「我覺得我們應該再仔細看一下那兩輛計程車。我會去新蘇格蘭警場一趟，看看他們從泰晤士河拖上來的東西。」

「我跟你一起去。」蘿拉說。

「他們不會讓你進去的。警場只會讓我進出，因爲我是雷基的初級律師。不過，如果你利用一下你的名人光環，或許行得通。」

「不用，你去吧！不過，事後要給我完整的報告。」

「沒問題。」奈吉說完便起身，往門口走。他突然停下腳步，轉過身來。蘿拉沒動，還坐在雷基的位子上。

「你該不會要待在這裡等吧？」奈吉問：「那可能會花上一段時間。」

「我在等雷基的假釋判決結果。」

「兩百萬英鎊？不可能保釋，對吧？」

「有可能。」蘿拉說：「如果我找對了幫手。」

「那個幫手是……」

「快點去，奈吉。」蘿拉說：「我還會在這裡待一會兒，再出去吃午飯。」

奈吉聽到她的語調，他知道最好不要再問下去。

「好吧！」奈吉一邊說，一邊走出辦公室，輕輕將門關上。

奈吉離開後，蘿拉仍坐在椅子上。她沒有告訴奈吉實情。事實上，她並不需要等雷基的保釋結果。羅伯特．巴克斯頓已經說了，他會處理，而他也確實有辦法做得到。

事實上，她正想著羅伯特和雷基，但不是在想一個要幫另一個保釋的問題，而是她得做出決定。最近幾天，發生太多事情，因此她沒有機會仔細想想她到底該怎麼辦。

她再次轉身，凝視窗外良久，空洞的望著貝格街的雨、行人和車輛，就和奈吉進來前一樣，卻對一切視而不見。

這時傳來敲門聲。門開了，是雷基的祕書。

「喔，對不起！」露易絲說：「我以爲奈吉在這裡。我找到他要的地址了。」

「你說的是那位初級律師的地址？」蘿拉問。

「是的。奈吉離開了嗎？」

「對。」蘿拉回答：「不過沒關係，我來處理。」露易絲還來不及同意，蘿拉就迫不及待的把地址從她手上拿走。

午餐，可以等。決定，也可以等。

16

奈吉走過標示著「新蘇格蘭警場」的電動三角旋轉招牌，繼續往後頭的鋼筋玻璃帷幕大樓前進。

當他走進建築物時，想到自己居然要告訴人家他是代表雷基的初級律師！這種感覺眞怪。這和他的執照被吊銷無關，反正也不會有人費事去查證。但就是感覺很怪，因爲在希斯家的傳統，雷基從來不是那個需要別人幫忙的人。他從小就很負責，不像奈吉。現在雷基需要奈吉將他從麻煩中拯救出來！這對奈吉來說，似乎……無法想像。

當然，這兒沒有人知道，也沒人在乎這些事。從櫃檯開始，奈吉一路過關斬將通過兩道關卡、三個部門，成功進入了證物扣押倉庫。

一位年輕的女警官陪他去看那兩輛被扣押的古典計程車。「鑑識科還沒完成採證。」她說：「我可以讓你看，但是你不可以摸。」

他們從那輛由泰晤士河拖上來的計程車開始看。

那是一輛Fairway型的禮車。這款車子在十幾年前的倫敦街頭到處可見，但是現在已經逐漸被小型計程車和更新款的TXI和II型房車取代了。儘管如此，它仍是經典之作。不管是倫敦在地人，甚至外地人，只要一看到它，就知道這是倫敦的古典計程車。

至於這一輛，大概要等它清洗乾淨後，人們才能認得出來吧？現在車子上還蓋滿了泰晤士河河水乾掉後留下的骯髒褐色殘渣。

鑑識小組已經將駕駛座的窗戶打開。警官允許奈吉把頭伸進車子裡看。

「恐怕沒什麼可看的。」她愉快的說：「千萬不要打噴嚏哦！」

她說的沒錯。任何可以作爲證據的東西都已經被拿走了。車子的內部和外殼一樣，座位、地板和側板，到處都是乾掉的髒水漬。有些地方則貼了小標籤，表示鑑識科做了採樣。

「現在我們去看看另一輛車吧！」奈吉說。

警官帶著奈吉走過十幾輛車，這些車要不是贓物，就是因爲某些原因被扣押。最後他們來到整座倉庫裡，唯一的另外一輛古典計程車前面。

這輛計程車是在雷基被捕時，警方一併從沃特斯家帶回來的。

所以他可以合理假設，這就是之前他們逮捕沃特斯時，警方搜查過的那一輛。

奈吉繞著它走了一圈。這輛計程車幾乎一塵不染。先不管另一輛車上的泰晤士河爛泥，就外觀來說，這兩輛車根本就是一模一樣。同一家公司、同一種款式、同樣的黑色烤漆（沒有任何最近開始出現在一些計程車上的廣告）。最重要的是，相同的車牌號碼。

奈吉又走回第一輛計程車去確認。他眞希望鑑識小組把它們排在一起，好方便他做比較。但是毫無疑問的，它們確實一模一樣。

「這可要花好大的工夫啊！」奈吉說。

「還好啦！」警官說：「畢竟它們的車型很常見。」

「那麼引擎號碼呢？」

「是不同的。」警官回答：「但是那沒什麼用，因爲核發計程車牌時，並不會確認引擎號碼。」

「你常看見僞造的汽車車牌嗎？」奈吉問道。

「我在私人轎車上看過。」警官回答。「有的是爲了詐領保險，有的是爲了消化贓車。」

「古典計程車呢？」

「我想這是頭一遭。」她說：「不過，這是一定會發生的，不是嗎？大家都信任他們。這份信任感遲早會被人利用的。」

「沒錯。」奈吉說：「但是，如果你的目的只是要假裝成古典計程車司機，讓受害者降低戒心。那麼，爲什麼要大費周章的弄一個和另一輛車一模一樣的車牌？爲什麼你需要將一輛假的計程車僞裝成另一輛確實存在的計程車呢？」

她聳聳肩，不置可否的說：「我只能帶你來看車子。至於原因或其他的事，恐怕你就要靠自己了。」

奈吉向警官道謝，離開新蘇格蘭警場，搭上計程車到康登城的維修中心。沃特斯就是在切爾西謀殺案發生的隔天，把車子送到那裡清洗的。

車庫入口處的計程車大排長龍，等著要進去維修和清洗。司機將車子開過入口，停在辦公室前面。

「我就說加勒多尼亞路會塞車吧！」司機高興的說。然後指了指他的頭，補充的說：「全都存在這兒。」

「沒錯，你是對的。」奈吉一邊說，一邊下車。「我真的太久沒回來了。」

奈吉下車後，進入維修中心辦公室，找到一個二十多歲的接待員。

奈吉向他詢問有關沃特斯的車子的事。

接待員笑了笑說：「你知道我們每天要清洗多少輛計程車嗎？」

「我不知道。五十輛？」

「一百輛。」

「員警大概也來向你問過這輛車。」

「啊！」接待員說：「想起來了。員警確實曾經來過，就在幾天前。」

「那麼你記得那輛計程車嗎？」

「只記得曾清過它。」

「而且你們清得還眞是乾淨。」奈吉說：「鑑識小組連根頭髮都找不到。」

接待員點點頭。「你覺得我可以把這句話放在傳單上，說是警方說的嗎？那會是很好的宣傳。」

「你可以找溫柏利探長。」奈吉說：「我相信他會願意的。你記得是誰把車子開來的嗎？」

「駕駛它的那個傢伙開來的。」接待員回答，覺得這眞是個愚蠢的問題。

「他是常客嗎？」

「可以這麼說。」

「每個星期在同一個時間來嗎？」

「有時候。但不一定。」

「上次他來的時候，有什麼不一樣或比較特別的地方嗎？」

「就像我跟員警說的，對那輛車我沒什麼特別的印象，至於有沒有注意到司機哪裡不太一樣？我也說不上來。不過你知道你可以去問誰嗎？」

「誰？」

「你看到對面，跨過加勒多尼亞路，在街角的那家酒吧嗎？」

「『菜鳥與高手』[1]？」

「對。本地司機都會去那裡。那裡有個傢伙，從開始有古典計程車的時候，他就是司機了，他叫做比爾．愛德華茲。他對每個計程車司機都瞭若指掌，所有該知道的，不該知道的都瞞不了他。你如果走運，他或許會告訴你些什麼。」

奈吉穿過加勒多尼亞路，來到「菜鳥與高手」酒吧。

當他打開門時，聽到了一陣喧嘩和嘆息聲，他猜想這些人要不是在看電視的足球轉播，就是在玩射飛鏢遊戲。

1 Flounder and Dab，正是倫敦在地人用於稱呼計程車的同韻俚語。

他看了一下右手邊，還好是在玩飛鏢。他和雷基一樣，已經有很長一段時間不怎麼關心足球了。

遠遠的角落裡，有一個鏢靶，周圍站了六個顧客，看起來都是計程車司機。他們應該都下了賭注。下一位挑戰者走向前就定位，大家竊竊私語。

奈吉走向酒保，要了一杯啤酒，順便問他，在那群瘋飛鏢的人裡面，哪一個是愛德華茲？

「都不是。」酒保說：「他在後面的房間裡。」奈吉順著他指的方向看過去，在鏢靶的對面有一間房間。酒保點頭表示就是那裡。

奈吉拿著啤酒，進到後面的房間。

當他進去時，屋內靜悄悄的。房間裡瀰漫著菸草的煙霧，空氣裡混著滑石粉、皮革和毛氈的氣味，裡面是肅靜、緊繃的安靜。

奈吉馬上知道他進到了撞球間，而這又比飛鏢好多了。

房間的正中央擺了一張全尺寸的紅木石板司諾克撞球檯，它有著很深的皮編球袋。綠色的毛氈因身經百戰而有些磨損，尤其是三角框置球點附近，有點泛白，就像房間另一頭那位老先生的頭頂。

裡面有兩個年紀絕對超過六十歲的男人。另外三名男子則年輕許多。其中一個年輕男子坐在靠牆的高腳椅上，摟著一位站著的年輕女子。另一名年輕人則在和其中一位老先生比賽。大家都盯著他們。

奈吉進來後，將門輕輕關上。沒人看他，也沒人說話。檯面上只剩下一顆七號球。按照進袋順序，它確實也是最後一顆。那是顆黑球，和古典計程車的顏色一樣又深邃又光滑。現在輪到年輕人出桿。不過，那一球的距離很遠，要從檯面的一端打到另一端。

老先生年約八十，或許還再多幾歲。頭髮雖不見濃密，也還算不少。灰白頭髮，但白髮居多。他小心翼翼的把每根頭髮都往後梳好。修剪整齊的鬍子就像電影裡二十多歲的埃羅爾．弗林（Errol Flynn）。他身穿一件深紅與黑色條紋相間的長袖襯衫，式樣看起來非常老舊。不用皮帶而用吊帶搭配的灰色翻邊長褲，褲腳有些過長。

他靠著牆壁，雙手在胸前交叉，耐心等候。雖然雙眼盯著撞球檯，但也只有他自己知道是在看什麼。年輕男子猶豫不定的出手了。七號球沒進袋，反而在貼著球檯的綠色邊框處停了下來。

「不想要它了。」老先生說著，放下他交叉著的雙手，走到撞球檯來。「你就是不想要它了。」

他態度輕鬆的瞄準，靠向球檯，乾淨俐落的將黑色球射進對角的球袋裡。

三個年輕人齊聲嘆息，女孩笑了，然後將錢付給另一位坐在高腳椅上的微笑老先生。

奈吉看到也笑了。既然比賽已經結束，奈吉知道他可以開口了。

「比爾．愛德華茲？」他問那位剛贏了比賽的老先生。

老先生點點頭，對奈吉說，他看起來就像個懂得打撞球的人，還邀他比劃一場。

奈吉搖搖頭。「或許在我十九歲，還很愚蠢的時候，會答應你的邀請。但是現在不會了。聽說你對倫敦地區古典計程車司機的了解，比運輸局資料庫還要透徹。」

「是誰告訴你的？」老先生問。不過他對於這樣的評語，顯然不覺得訝異。他把三角木框放在球檯上，開始排起紅色球，爲下一個受害者作準備。

「在保養場工作的傢伙。」奈吉回答。

愛德華茲點點頭。「他說的沒錯。」

「你可以告訴我關於尼爾．沃特斯這個人嗎？」

老先生停止擺球，房間裡其他人也都停止了動作，全部的人都盯著他看。其中一名年輕男子手握撞球桿，從高腳椅上起身，好像準備將它當棍棒用。

「你爲什麼問？」老先生說。

「我想幫雷基．希斯洗刷他的謀殺罪名。」奈吉說。

這時候，房裡的氣氛稍稍和緩下來，但也只是稍微。很明顯的，在計程車司機中，對雷基．希斯的評價還沒有一個定論。奈吉完全可以理解。他們大概不知道該怎麼看待雷基：是個幫他們的司機同伴洗刷了罪名（即使只是暫時）的能幹大律師？或是一個擅於操弄、惹人厭的大律師，並且還殺了自己在當計程車司機的客戶？

球檯旁的老先生一邊沉思，一邊繼續排木球。其他的人都在等他開口。他將木框從毛氈上移開，所有的球完美的停在定點。

「如果沃特斯眞的做了員警說他做的事。」愛德華茲說：「那麼，我倒希望你哥哥眞的拿刀殺死他。」他直視奈吉的雙眼說話，想他是否猜對了他們兩人之間的關係。奈吉輕輕點了點頭。

「最好還要把刀再扭一下。」其中一位年輕男子說。

「我們的名譽就是我們的生計。」愛德華茲繼續說，把一顆紅色球擺在六號球前面。「任何人，即使是我們自己的人，只要做出有害我們名譽的事，我就會和他算帳。」

「說得好。」另一個年輕人一邊用球桿底部敲著地板助陣。

愛德華茲接著說：「但是我不相信沃特斯有膽殺人。沒錯，他高頭大馬，確實做得來。我百分之百同意。我看過他怎麼處理喝醉酒的醉漢，和想坐霸王車的混混。他們從車裡跳出來逃跑，以爲他追不上。可是當他追上時，還是很有風度的，他的脾氣幾乎和甘地一樣溫和。」

愛德華茲一邊說，一邊走向球檯的另一端。奈吉不知道他是不是想藉此迴避其他人，所以還是跟了過去。

「那麼，一定是另一個司機做的囉？」奈吉猜測。

「什麼另一個司機？」

「另一輛古典計程車的司機。」

愛德華茲搖搖頭，然後不疾不徐的在鋪有綠毛氈的球檯上把每一顆球放定位置。「我不相信有另一個司機存在。至少，不是一個眞的司機。兩輛車牌號碼一樣的古典計程車，同時在倫敦開來開去？是有可能，但時間一定很短，而且是短到連我都不知道。兩個花了多年心血，熟知倫敦街道，通過嚴格知識測驗的人，開著兩輛一模一樣的計程車，我居然會不知道？」愛德華茲沿著球檯走到另一端，將七號球重重的放在它的位置上。「那是絕對不可能的！」他強調。

「好吧！」奈吉說：「如果沒有兩個古典計程車司機，又不是沃特斯做的。那麼你的答案是什麼？」

愛德華茲拿起巧克粉塊摩擦他的球桿頭。

「誰說我有答案的？」他冷靜的說。

這時，通向大眾酒吧區的門開了，在愛德華茲還來不及找到下一個挑戰者，奈吉也還沒問出下一個問題前，一個剛剛在玩飛鏢的計程車司機走進來。

「他們把時間提早了，伙計。一小時內就會開始了。」

「真難以相信。」愛德華茲冷靜的說：「誰想得到？他們居然把我們的時間改了。」他和其他的計程車司機把球桿一放，抓起防水外套就往外走。

「你想要的話，可以坐我們的車一起去。」他對奈吉說。

五分鐘後，奈吉坐在一輛古典計程車的後座，與至少二十輛古典計程車的車隊一起，沿著加勒多尼亞路往北駛去。即使在倫敦街頭，也難得看到這麼多閃閃發亮的古典計程車一起行動。路上的行人都忍不住回頭注目。

「我們要去哪裡？」奈吉問。

「去捍衛我們的生計。」司機說。那位司機正是撞球間年輕男子中的一個。他們之間似乎有種長幼順序，而奈吉顯然還不夠重要，所以不能和愛德華茲搭同一輛車。

「爲什麼？」

「該死的衛星。」司機說。

奈吉想了一下。「全球定位系統？」他問。

「對。過去三年，每年他們都試著要把這東西硬塞給我們。每年我們都嚴厲拒絕。你會以爲他們已經試得夠累了。」

十分鐘後，他們來到位於奔騰區的倫敦運輸局。會議廳看起來很平常。橡木演講台後面的牆壁上，掛了一個很華麗的巨大木製徽章。但是萊姆綠的灰泥牆配上兩百張折疊鐵椅，一看就知道是藍領階級的聚會大廳。奈吉身在其中，覺得非常自在。

整個會場座無虛席。從他們防水外套的式樣看來，幾乎都是古典計程車司機。奈吉和載他來的司機就靠著牆，站在門邊。

演講台正後方的平台上坐了三個人。離演講台最遠的，就是愛德華茲。很明顯的，他是計程車司機代表。另外兩個並不是計程車司機。一個穿著黑色運動夾克，胸前別了代表運輸局官方的黃金徽章；另一個穿著灰色正式西裝，裡面搭了件很淡的粉紅色襯衫。很多穿灰色正式西裝的人若想表現他的創造力，都會這麼搭配。

在舞台最右邊的角落，長長的簾幕後面，還有一個人低調的坐在陰影中。雖然看不見他的臉，但奈吉覺得他的坐姿看起來很眼熟。可是他就是想不出來是誰，或許那個人只是場地的設備管理人。

運輸局來的男子起身，麥克風傳出尖銳刺耳的聲音，接著他介紹了代表「泛大西洋軟體」的淳柏先生。

淳柏先生瘦瘦的，看起來乾乾淨淨。從他的舉止來看，大概接近五十歲。不過也可能只是看起來比較老而已，因爲他臉上的皺紋比在場的其他人都來得多，也比其他人黑。

他走向麥克風時，觀衆席的計程車司機開始竊竊私語，以示對他的不歡迎。他環視全場，等大家稍微安靜下來後，才開口說話。

「倫敦的古典計程車是全世界最安全的運輸方式。」他大聲的說出開場白。一聽到他的腔調，就知道他是美國人。

誠如他所希望的，大家安靜下來，甚至還有人說：「說的對！」他接著說：「大家總是這麼說。這已經被傳頌了一百年，而它也確實是這樣沒錯。但是最近發生的事，讓我們不得不承認，情況已經和以前不一樣了。」

這時，全場氣氛緊繃，鴉雀無聲。

「之前，只要在街上看到古典計程車，你馬上知道那是什麼？而且你也知道開著車子的人，他的品行如何。不論你是領老年津貼在度假的長者、下班後喝太多的股票經紀人，或是來度蜜月的美國新婚夫妻，你知道如果你搭上那輛計程車，你的司機是有執照、受監督的，他花了許多年才通過知識測驗，獲准駕駛一輛古典計程車，而且毫無疑問，你會安全的回到家，完全不會走冤枉路。

「但是，再也不是這樣了。現在，在國外製造的古典計程車比在英國製造的還要多。我們不知道那些車最後會有什麼下場？我們甚至不知道，在這邊製造的古典計程車最後會變成什麼？目前完全沒有法令規定販售的對象，不論是賣到國外或是在國內。美國的販毒大王，只要他們願意，也可以擁有一輛古典計程車，我眞的看過。在這裡，只要你想要，你也可以擁有一輛。誠如我們所見，如果一個心懷不軌的人，僞造了車牌，就可以假裝他是倫敦街上有執照的古典計程車司機，但實際上，他根本不是。

「古典計程車司機還是世界上最好的計程車司機嗎？是的。但是我們還能很肯定的說，目前在倫敦街上服務的每一位古典計程車司機都是這樣？很明顯的，我們不能。如果我們不能擔保那些計程車是眞的，我們怎能擔保那些開它們的人的人格？」

現場傳來了熱烈的討論聲。

「不過，有一個方法可以解決這些問題。今天我要向你們推薦的，不僅可以抓出古典計程車司機中極少的害群之馬，解決剛剛提到的問題，也可以解決冒牌古典計程車的問題。除此之外，更棒的是，它可以讓你的工作變得更輕鬆。」

這個時候，淳柏拿出一個銀色物體，大小就像個香菸盒，誇張的揮舞著。

「爲你介紹『捷徑』。」他宣布：「拼成H-A-I-W-A-Y，它是『我在這裡，你在哪裡（Here Am I, Where Are You?）？』的縮寫。它是非常先進的衛星導航系統。因爲太先進了，之前美國國防部甚至不准我們對外提起，直到最近才解禁。如果每輛古典計程車，包括新製造的以及已經在市區執業的，都強制安裝『捷徑』，不僅可以想都不用想就讓你輕易的知道如何開到目的地，也會讓那些居心不良的人消失無蹤。誰也無法再假裝成古典計程車，利用誠實的古典計程車司機所建立的完美形象來幫他犯案。」

淳柏停頓了一下，對於席中再度傳出的竊竊私語，微笑以對。

「怎麼做到的？或許你會這麼問。」他一邊說，一邊回頭暗示。就在這時，坐在簾幕後面的男子站起來，按下舞台後面的一個開關。觀眾席的燈光隨之熄滅，一片給投影機用的布幕從舞台後方降了下來。

「因爲衛星就像是雙向的街道。」淳柏繼續說，投射出一些閃亮亮的古典計程車、一個有藍有綠的地球和一顆微笑著會移動的卡通衛星。他搭配著圖片，熟練的解說起來。

「中央處理系統不僅告訴每輛古典計程車目的地及路線；同時每輛古典計程車也會持續送出訊號到中央處理系統，報告它目前的所在位置。另外，倫敦的每輛警車都會安裝一台機器，自動通報每一輛古典計程車的資料。這麼一來，員警就能馬上知道眼前的計程車是不是假的，因爲『捷徑』會告訴他。」

解說完畢，燈又亮了起來。淳柏看著他的聽眾，吸引他們的注意力。他傾身靠向演講台。

「想想看。」他認眞的說：「沒有人敢再開著假的古典計程車。不管是《太陽報》、皇家檢察署，或是任何人，都不能再隨便指控古典計程車司機犯罪。」

淳柏不再說話，他得意洋洋的挺直雙肩，從演講台退後半步，表示解說結束了。他大膽的看著台下的群眾。

戴著運輸局胸章的男人立刻跳起來，大喊：「說得好！」

沒有人支持他，但也沒有反對聲。會場一片沉默。站在門邊這個有利位置，奈吉將計程車司機的反應看得很清楚。他們進來時，似乎個個都堅決的反對，但是現在，卻面面相覷不知所措。切入事情的角度不同，他們對這個建議的看法也不盡相同。

奈吉自己對這個議題倒沒有定論。實際上，在過去五分鐘的演講裡，他沒怎麼仔細聽內容。他一直試著回想，到底在哪裡看過淳柏先生？名字是完全陌生。但那張臉，他知道他曾在哪裡見過。

「唉……」站在奈吉旁邊的年輕司機說：「嗯，眞是出乎意料，不是嗎？」

「有什麼不一樣嗎？」奈吉問。

「就是那些關於追蹤、驗證的。我原以爲那東西會使人覺得沒必要去學習知識了，而任何阿貓阿狗、沒執照的租賃計程車司機，隨時都可以在吃午餐時進去拿個古典計程車執照。但是，能區別眞的和假的……嗯，這主意不錯，不是嗎？」

「我不確定。」奈吉說。他看著愛德華茲。說明會結束後，他慢慢站了起來。奈吉看到他完全沒跟任何人交談，獨自走向門口。當他走近時，奈吉覺得愛德華茲似乎在一時之間完完全全的洩了氣。

17

蘿拉從貝格街坐上計程車，沿著海德公園東側，駛往初級律師位在梅費爾區的家。計程車來到梅費爾，一轉彎，映入眼簾的是一條漂亮的街道。兩旁全是連棟別墅。在以前，這些別墅住的不是內閣大臣，就是商業鉅子。以蘿拉的眼光來看，這些房子不免有些保守。但是她不得不承認，就算她有今天的成就，如果想要擁有這樣一棟典雅的愛德華式白石別墅，光靠她自己的力量幾乎是負擔不起的。

所以……腿漂亮，家裡有錢，蘿拉心裡估量著。計程車停了下來。她對雷基謎樣的初級律師了解愈多，就愈不喜歡她。

房子美麗的前院種滿了白玫瑰和粉紅玫瑰。腿漂亮，家裡有錢，還會照顧花園。印象更不好了。

蘿拉沿著短短的小徑向前走，敲了敲前門。過沒多久，一個小女傭出來應門。她把門拉開了幾吋。

「我找妲拉．芮妮。」蘿拉說：「請問這是她家嗎？」

小女傭猶豫了一下，帶著俄國腔調說：「是。但是，她現在不在。」

「請問她什麼時候會回來？」

「不知道。」女孩回答。她看起來很無助，彷彿希望有人在她身邊，幫她回答問題。「我想……她會不在家很久很久。」

「但是我有很要緊的事，需要馬上和她聯絡。」蘿拉說：「她是我朋友的初級律師。」

小女傭想了想，然後說：「初級律師就是教授嗎？」

「不見得。不過如果初級律師也教書的話，就有可能。」

小女傭過了一會兒才點點頭。「我想，她是最近才成爲教授的。」

蘿拉完全聽不懂她在說什麼。她站在門口，一點兒進展也沒有。

「你覺得我可以留張紙條給她嗎？」蘿拉問道。

「可以。」女孩說。她稍稍鬆開抓著門板的手。

「你眞好！」蘿拉用她最迷人的聲調說：「但是我沒帶紙可以寫。我可以進去一下嗎？」

小女傭很猶豫。這時蘿拉露出親切的笑容。

門開了。

小女傭走得很快，彷彿覺得這樣就能降低讓陌生人進門的危險。她領著蘿拉穿過起居室，經過廚房，最後來到後花園露台的一張有著大理石桌面的鍛鐵桌旁。

「你可以在這裡寫。」女孩說：「她常常在這邊寫東西。我去拿一些紙來。」

小女傭離開後，蘿拉坐了下來。

她環顧四周。這眞是個令人心曠神怡的地方，漂亮的花園，燦爛的紅玫瑰飄來陣陣清香，它們甚至比前院的白玫瑰和粉紅玫瑰更令人驚艷。

靠近露台門邊的鵝卵石地板上，疊了兩呎高的報紙。大部分是八卦小報。蘿拉一眼就認出最上面的那份就是《太陽報》。

這時，小女傭回來了。

「你的主人很喜歡《太陽報》？」蘿拉指指門邊的報紙問。

俄羅斯女孩點點頭。「早餐時，我會唸標題給她聽。」

「眞的？只唸標題，沒唸裡面的內容？」

「有時候她也會要我唸裡面的內容。」

「我懂了。你先爲她唸標題，如果她覺得有趣，你再唸裡面的內容。這樣雙手就用不著拿報紙，她可以把心思放在更重要的事情上，例如享用司康餅。」

「是的。古典計程車和大律師。」

「對不起，你說什麼？」

「她只會要我唸那些報導。」

蘿拉仔細想著她說的話。「也許，你可以拿一篇大律師的報導給我看看？」

可是就在這個時候，屋裡的電話響了。小女僕嚇了一跳，跑進去接電話。蘿拉隱約可以聽到一些簡短的對話。她試著偷聽，但是聽不清楚。

然後，女僕出來了。

「你必須離開。」她很客氣，但語氣堅定。

「是你的主人嗎？我可以和她說話嗎？」

「不是。不是她。」

「喔。」蘿拉說：「那麼是哪位呢？」

小女傭受驚似的看著蘿拉，緊閉雙唇。

「當然。」蘿拉說：「我這樣一直追問，眞沒禮貌。你做得對，未經許可，不能洩露對方的身分。但是，是不是可以提示一下？例如，哪一類的人？是朋友？還是親戚？」

小女傭什麼也不說，驚嚇的表情就像一隻鹿看見車燈迎面而來那般不知所措。她閉緊雙唇，緊閉到蘿拉開始擔心她會不會咬傷了自己。

「工作伙伴？專業服務？還是照顧花園的園丁？」

她終於有反應了。

「玫瑰花都是我自己照顧的！」小女傭驕傲的說。

「啊！」蘿拉說。知道妲拉・芮妮不是完美的，讓她心裡舒坦多了。

「照她的吩咐。」小女傭補充的說。

「喔……」蘿拉一開口，馬上後悔了。因爲她些微失望的口氣，似乎讓女傭重新拾回了勇氣。

「現在你必須離開。」小女傭說。

「有人要回來了嗎？或許我應該再待一會兒，那麼我們就能好好聊一聊了。」

小女傭走到前門，將門打開，態度堅決的看著蘿拉。

「麻煩你了，事關我的工作，你必須離開。」

18

奈吉比蘿拉早回到事務所。雖然不過是下午一、兩點，但她到這時還沒回來，令他有些驚訝，也頗爲擔心，雖然他說不準是爲了什麼。

奈吉把比較小的那張訪客椅拉近書桌，坐了下來，盯著蘿拉留在桌上的《太陽報》。初級律師在上古典計程車前露出勻稱玉腿的那張照片，仍攤在那裡。

第一次看到照片時，他告訴自己一切可能只是他的幻覺，但那是他在計程車司機會議上看到做技術介紹的淳柏先生之前。奈吉現在想起來他是在哪兒見過那個男人。既然想起淳柏是誰，奈吉的心裡對有一雙美腿的初級律師是誰再也沒有疑問。這絕對不可能只是巧合！

他必須告訴蘿拉和雷基，但是他眞的很難啓齒。

這時候，辦公室的門開了。奈吉抬頭一看，露易絲正開門讓蘿拉進來。

「它就……和我擔心的一樣。」奈吉沒頭沒尾的說著，完全無視蘿拉手上捧了一個塞滿了東西的大牛皮紙袋。

「什麼？」蘿拉問。她把紙袋放在辦公桌旁，向露易絲點頭表示感謝。露易絲離開，並把門帶上。

蘿拉又坐回雷基的大律師椅，她把視線移到奈吉還在盯著看的照片。「我可以問是什麼嗎？」

奈吉很猶豫。這時，門開了，他暫時鬆了一口氣。

「你回來了。」蘿拉說：「我才正在想你去了哪兒！」

進來的是雷基。

蘿拉不動聲色的打量了他，發現坐了一段時間的牢，除了讓他有點眼袋之外，其他看起來倒還好。

很明顯的，在保釋後，他很快的花了點時間將自己的外表徹底整理過。他看起來就像個第一次出庭的菜鳥大律師，只不過比大部分的老了點、高了點、西裝也好了點。

雷基站在門口，跟奈吉互相點頭打招呼，然後將注意力轉到坐在他位子上的蘿拉。她依然明亮動人，大大的眼睛回視他。一時之間，雷基忘了他爲什麼在氣她。

然後他想到了，馬上故意裝出一臉嚴肅。

「對於保釋的事，我以爲我已經對你說得夠清楚了。」

「哪一方面？」蘿拉無辜的說。

「就是，我不想要你的朋友，巴克斯頓……」

「是未婚夫。」

話一出口，蘿拉馬上後悔。她不知道自己爲什麼要這麼說？她甚至還沒正式做出決定。

雷基聽到她的話，痛苦的嚥下去，但外表上則把持住，彷彿不受影響。

「隨便你怎麼稱呼他。反正我說過我不想要他插手。」

「我的意思是未婚夫候選人，不管了。哎，那不要緊。你確實表示過你寧願待在監獄裡。不過，他不是黑手黨老大，雷基，你不需要一輩子都感到虧欠。只要你不逃往一個到處都是熱帶美女，卻沒有外國罪犯引渡條約的小島，那麼他就能把他的錢拿回來。如此而已。」

雷基很機警的決定不要去提他擔心的不是自己會覺得虧欠。不過他接下來的話，已經把自己的心情說明得夠清楚了。

「如果你也這麼想，我就會記得你說過的這些話。」

蘿拉對雷基的評論只做了一個哭笑不得的表情，便決定轉換話題。於是她說：「你弟弟有件很重要的事要告訴我們，是關於你初級律師的腿。」

雷基想了想，決定挑個最安全的回應方式。他只稍微點了點頭，小聲的說：「我知道了。」就坐到另一張訪客椅上。

「《太陽報》上刊的照片，初級律師的那雙腿。」奈吉一邊試探性的說，一邊拿起報紙遞給雷基。「我相信你看過它們？我是指它？我是指照片中的它們？」

「什麼它們？」雷基說。

「對啊！」蘿拉輪流看著他們兄弟倆，語氣惱怒。「什麼它們？」

「我想起來之前在哪裡看過它們了。」奈吉說。

「照片上連她的臉都沒有。」雷基說：「你是說你光從她的腿，就可以知道她是誰？」

「沒錯。」蘿拉說：「顯然你弟弟有這個本事。」

奈吉點點頭，看得出來有些沾沾自喜。

雷基聳聳肩，表示這沒什麼了不起。「我也可以。」他說。

蘿拉看著他。

「我眞的可以。」雷基辯說：「舉例來說，你知道在你左膝後面……」

蘿拉打斷他的話。「你不需要想辦法說服我。」她說：「我只想要知道奈吉是在哪裡遇到我們這位假冒的初級律師。」

「幾個月前，在巴茲。」奈吉說。「在心理健康療養中心，我們是同一組的。在我去參加我的……你知道的……」

「強制性律師舒壓假期？」蘿拉幫忙解圍。

「對。」奈吉說：「他們會把你分到特定的團體，根據你的特別……」

「障礙？」雷基插嘴。

「謝謝！沒錯。根據你的特別障礙。或是說，挑戰領域，我們是這樣說的。當然我這一組主要是跟職業有關。治療師稱它爲職場挫折創傷。我們稱它爲職場啜泣。它探討大家，包括我和其他人，爲什麼我們會在自己所選擇的工作領域裡表現得一塌糊塗。或者像我們組長說的，就是找不到那份該有的工作喜樂。」

「我聽過那個詞。現在這個在好萊塢很流行。」蘿拉說：「但我覺得它根本是言過其實。」

「重點是，小組裡有怕血的心臟外科醫生、內耳平衡有問題的芭蕾舞者、膽小的橄欖球隊隊長。還有一個，唯一的一個——失敗的古典計程車司機。她有一雙玉腿、聰明的腦袋，是那種現學現會的聰明。組裡的人多多少少會談到自己的專業領域，而她總能應對自如，甚至表現得好像比他們知道的還多。她可以和心臟外科醫生討論冠狀動脈繞道技術，也可以和科技怪胎談封包資料和資料傳輸量。」

「然後跟你探討訴訟案和提案？」蘿拉問。

「嗯，沒錯。」奈吉說：「不管是以前學來的知識，還是某種奇怪的心理潛移默化作用，我總覺得她可以在同一天裡主持一個移植手術、遞送一個成功的提案，再寫出一套先進的程式。重點是，有這樣的聰明才智，她最想做的居然是當個古典計程車司機。但是很不幸的，她獨獨就是缺了方向感。她考了好幾次知識測驗，但總是悲慘收場。到後來，他們勸她還是放棄比較好。」

「以前沒人在知識測驗失敗過嗎？」雷基問。

「很多人，我確定。但是我在那裡的時候，沒有人是爲了這個原因而去的。」

「那麼，到底是什麼樣的治療方法，讓你這麼記得她的腿呢？」蘿拉問。

「嗯……組裡有游泳課程……他們確實有個游泳池。」

「你在游泳池裡不可能看得那麼清楚。」蘿拉說。

她輪流的望著他們兄弟。「你能嗎？」

奈吉不安的扭動身體。「好吧！是沒有辦法。當然不只這樣，但是也沒像本來可能發生的那麼多啦！我是說……嗯，我正要告訴你們……」

「好了，趕快說。」蘿拉說。

「我們成了朋友。不過實際上，這是不允許的，他們有規定。但是在我預定要離開那裡的前一晚，我們還是約了見面。約好那天晚上，宵禁時間開始後一個小時，她來見我。」

「她來了嗎？」

「來見我嗎？喔！她當然來了，雖然遲到了幾分鐘。很明顯的，她在過來的時候迷了路。不過她還是出現了。她一出現……我這麼說吧，她看起來非常期待這個約會。」

「喔！」蘿拉說：「原來期待的人是**她**。」

「沒錯。」奈吉堅持。「真讓人吃驚！我是說，比我們一開始說好要約會的時候還要期待的樣子。感覺上她好像在之前就花了好幾個小時準備，讓自己變得這麼的……」奈吉停了下來，想要找出個適當的字眼。

「是什麼？」蘿拉問：「這麼的什麼呢？」

「嗯……亢奮，我覺得。或者說，是這麼主動。我真不敢相信自己會這麼幸運。但是後來……」

「怎麼了？」蘿拉問。

「嗯，我們才剛開始，就像我說的，我一步一步的仔細記下她雙腿的每吋肌膚⋯⋯然後⋯⋯循序而上。突然間，她開始講話了。」

蘿拉輕輕搖頭，好像在說希斯兄弟眞是無可救藥，或者該說，全天下的男人都是一群無可救藥的呆子。

「我的意思是，不只是因爲她說話。」奈吉很謹愼的說：「而是她說的速度和內容。」

「奈吉。」蘿拉說：「如果你是要告訴我，你的撫摸可以讓一個女人變得伶牙俐齒，那麼我就要離開了。」

「她談到了她的外太祖父，談到她家族的美裔愛爾蘭人血統，以及她的外太祖父如何在瑞士神祕死亡。」

「多神祕？」

「她沒說。但是她說絕不是像大家相信的那樣。他有很嚴重的懼高症，就算瀑布的景色再漂亮，他也不可能跑到一個懸崖，最後被發現死在那兒。」

「她的外太祖父死在一個瀑布？」

「據某些報導，或據她描述。但是她十分確定他是被謀殺的，在邁林根的一個火車站。而且她還說她知道凶手是誰，有朝一日，她會證明。」

「所以，總有一天，她會證明是誰謀殺了她的外太祖父。」

「沒錯。她要報仇。她很堅持要這麼做。所以那時我才開始重新考慮整件事，除了她美妙的……」

「我們一定要提到這些嗎？」蘿拉問。

「欸，最後什麼也沒發生。因爲，她眞的罵得太過分了。我一直等著她跳起說，『耍你的啦！』告訴我那只是個奇怪的玩笑。但是她沒這麼做，於是，我就決定結束那個約會了。」

「明智的決定。」蘿拉說：「所以這個無緣和你共度良宵的女人，她叫做妲拉．芮妮嗎？」

「我不知道。」奈吉說：「在組裡，大家都不用眞名。但是我可以告訴你她美裔愛爾蘭外太祖父的名字，至少她是這麼說的。」

「名字是？」蘿拉問。

「莫里亞提。」

蘿拉和雷基一起盯著奈吉，他也來回的看著他們。

「嗯，她就是那麼說的。」

「拜託！」雷基說：「莫里亞提？在瑞士的瀑布？」

「關於瀑布的事，我是不清楚。」奈吉說：「但是，名字倒不會讓我提高戒心。你知道一八九〇年代，光是在美國就有多少個莫里亞提嗎？更別提在英國的。」

「不知道。」

「好幾千。我查過。有超過一百個詹姆士．莫里亞提。在當時，瑞士對美國人來說，是個消費得起的熱門景點，就算現在也一樣。」

雷基將事情從頭到尾仔細的想一次，然後有點不耐煩的說：「當你警告我莫里亞提的威脅信時，你大可也順便告訴我那個神經病的幻想。」

「我會說的。」奈吉說：「如果你也告訴我，你正和一位這樣的初級律師合作。」奈吉一邊說，一邊舉起《太陽報》上的照片。

「對。」蘿拉說：「雷基幾乎都不談她的外表。但是她眞正的職業到底是什麼？難道你組裡的那個女人在沒考過計程車駕照前，眞的是個初級律師？」

「她沒說。我們大部分的人都被要求說出來，因爲那是大家來那裡的主要原因。但是每次一輪到她，我們的治療師，迪蘭醫生，就說她可以不用講。如果你問我爲什麼，我只能說那個傢伙故意在討好她吧？」

「我聽過迪蘭醫生。」蘿拉說：「『明星的開藥人』，至少那個圈子的人是這麼喊他，尤其是那些沒辦法自自然然尋得幸福快樂的人。他也鬧過一些用藥過量的醜聞。」

「那可能是另一個人吧！」奈吉說：「這個迪蘭醫生似乎不太喜歡用藥。」

「經過巴茲那一晚後，還發生了什麼事？」蘿拉問。「你後來還有再見過她嗎？還是你就這樣離開，再也沒跟她通過電話？」

「隔天上課時，她似乎又變回原來的自己。」奈吉說：「完全正常。或者說，至少跟平常一樣。她對於前一晚發生的事，絕口不提。我也一樣。不過，那天稍晚我聽到兩個護士在聊天……好像在我們約會前兩天，她就沒吃藥了。很顯然是醫生囑咐的。後來，她出院了，我再也沒看過她。隔天我也回家了。事實上，我們整個職場啜泣治療小組在那時遭到解散了。我十分確定，其他的成員也都在幾天內被要求退院了。這讓我不得不提到我要講的怪事。」

「很好。」蘿拉說：「我正等著聽呢！」

「我剛才參加了一個關於高科技導航系統的大型會議。理論上，這個系統會為計程車駕駛工作帶來重大改變。系統的發明人上台做了介紹，是個叫淳柏的傢伙。但是……」奈吉又停下來了。

「怎麼樣？」

「我可能記錯了。但是……我可以發誓，他也是我在巴茲治療小組中的一個。」

「他參加了職場啜泣？和你？和美腿小姐一起？」蘿拉說。

「沒錯。」

「真是個有趣的巧合。」

「對。」奈吉說：「不過我不相信巧合。」

「我也不相信。」雷基說：「先不論美腿不美腿，我覺得我們需要去確認在你治療小組裡的人就是妲拉．芮妮。」

「沒錯。」奈吉說：「我知道我們該怎麼做才能確定。」

「怎麼做？」蘿拉問。

「雷基需要到巴茲的心理健康療養中心一趟。」奈吉說。

「你說什麼？」雷基說。

「我們之中，有一個人得去，而我並不想再去，他們實在太熱情了。我認為他們可能覺得我還應該繼續待在那兒。」

「了解。」雷基說：「但是開車到那邊要三個小時。為什麼你不跟他們打個電話？這樣不就能保持距離了，而且……」

「實際上我試過了，但是我連語音選項都過不去。在辦公室的那些人口風很緊。你根本不可能靠打電話去跟他們聊天來套出什麼東西。無論如何我是不會去的。我必須去和計程車司機資深大老聊聊。就我所知，他應該曉得一些關於你當事人的祕密。」

「那麼，去見他的應該是我吧？」雷基說。

「你在他喝酒的地方並不受歡迎。」奈吉說：「他們大部分的人還是相信報上寫的，認為你殺了一個他們的同伴。而且他們好像很喜歡比撞球，我的技術比你略勝一籌。」

「哈！」

「就這樣。」蘿拉說。她從位子上站了起來，擺出指揮小學生般的態度。「我們只有三個人，時間緊迫，不要浪費時間。奈吉負責公聽會，然後去和這個計程車司機大老談談。雷基就來趟悠閒的鄉村之旅，了解一下治療中心的人對妲拉．芮妮的看法。不過在那之前，我跟他還有其他的事情要處理。」

奈吉看看雷基，又看看蘿拉。

「所以我可以先離開。」奈吉說：「而雷基還不能走？」

「對。」蘿拉說。

「好吧！」奈吉說完，起身，準備走向門口。不過在出去前，他傾身對雷基說：「你逃不了了。不管你接下來要做什麼，總之別再提妲拉・芮妮的雙腿就對了。」

19

奈吉離開後，辦公室裡只剩下蘿拉和雷基。

雷基不作聲，不安的看著她，等著。他欣賞她的臉蛋，就像一幅畫，被皮椅的深褐色框住，將她的膚色襯得更加白皙。她上衣的領口因爲之前談話時的大動作，稍稍滑向一側，不經意露出了部分沒有雀斑的皮膚。

這讓眼前的不安變得更難以忍受。他確定蘿拉待會兒就會提起她和巴克斯頓的事。他不想聽，卻也無處可逃。

但是這時，她既沒做深呼吸，也沒說她眞不知該如何開口……反倒是將手伸向辦公桌後，費力的將那袋塞滿東西的大牛皮紙袋拿上來。

她把袋子重重放在桌上後，譴責的瞄了雷基一眼，彷彿在說他怎麼沒幫忙。她將袋子翻過去，把裡面的東西全倒出來。幾十份八卦報紙鋪滿了整個紅木桌面。《太陽報》、《全球報》、《鏡報》和其他的八卦報紙散得到處都是。

「這些是什麼？」雷基忍不住站起來問。

「我發現你的初級律師似乎很注意八卦報紙上的某些報導。」蘿拉說。

「眞有趣。」雷基說：「她第一次來我辦公室的時候，她說她完全不看那些報紙的。」

「我相信她說了很多事情。」

雷基沒有回應她的評語。他傾身靠向桌子，看著那堆報紙。

「她對什麼特別感興趣呢？」他問。

「據她的小女僕說，主要是古典計程車。」

「或許她只是想看看媒體是怎麼報導我們處理的案子。」

「如果是那樣，應該只有三天。但是她堆在花園的報紙，絕對不止三天。」

「所以你是想要整理這些報紙，然後看看到底是什麼原因讓她對古典計程車這麼感興趣？」

「沒錯。」

「不過，你是從哪兒拿到這麼多報紙？」

「從我阿姨的洗衣房。」

「你阿姨把舊的八卦報紙堆在洗衣房？」

「對啊！有問題嗎？」

「只是覺得有點怪而已。接下來是把五十隻貓養在客廳嗎？」

「她沒養貓。」

「我們說的是你的阿姨，不是嗎？不是她的親戚吧？」

「我的阿姨，不是我，她正好是個熱衷資源回收的環保人士。所以，我們專心一點，好嗎？」

「好。」

「我們把相關的堆在這裡，任何提到古典計程車的報導，從最遠到最近的都要。」

他們開始輪流翻報紙，速讀那些報導。然後把提到古典計程車的報紙，堆到一旁。

幾分鐘後，雷基開始把巴克斯頓的《太陽報》另外分出來堆成一疊。蘿拉看了一眼，但沒說什麼。

不到半個小時，他們就把全部的報紙整理完了。

其他的八卦報紙加起來，大概和雷基整理出的《太陽報》一樣多。

蘿拉注意到了。

「好。」蘿拉說：「我想你可以告訴我，你認爲這代表了什麼？」

雷基確實有結論，不過他已經決定不要說出來。之前，爲了巴克斯頓的事，他對蘿拉說了一些無禮的話。結果，下一秒，她就飛到南海島嶼，幫那個男人拍電影。兩者之間或許沒有直接關聯，但是雷基不願再冒一次險。

「全部都找出來了。還需要再整理分類，對吧？」

「不過很明顯的，《太陽報》對於古典計程車犯罪事件的報導比其他的多很多。」蘿拉說：「這就是爲什麼你另外把它們擺成一疊，不是嗎？」

「我覺得大概是二比一。這的確有點奇怪。理論上，每家報紙知道的犯罪資訊應該是一樣的。」

「嗯。」蘿拉說：「或許我們應該先比較一下他們的報導內容，再來下結論？」

「我同意。」雷基說。

「我來讀《太陽報》。」蘿拉說：「你讀其他的。這是最早的一份，時間是好幾個星期前：『古典計程車霸凌恐嚇經紀人』，刊在《太陽報》的第二版。其他的報紙呢？」

「刊在第五版，甚至再後面。」雷基回答。

「幾天前，《太陽報》上有篇『計程車司機令遊客聞之喪膽？』」蘿拉說：「在第四版。有點像是為古典計程車犯罪案件做的摘要。」

「其他的都沒有類似的報導。」雷基以下結論的語氣說。

蘿拉抬頭看他。雷基發現自己用一種像在法庭上辯論的口氣說話。他知道這樣是不行的。

「我們來看看真正和謀殺案有關的報導。」蘿拉謹慎的看著他。她大聲朗讀：「『美國夫妻被殺：計程車司機被捕』，當然是在頭版。不過我確定其他報紙也是把它放在頭版，不是嗎？」

雷基拿起其他的報紙來比較。「沒錯。」剛開始他先是這麼說的，但接著他停下來，望著蘿拉。

「怎麼了？」蘿拉問。

「《太陽報》上面的日期是什麼時候？」

「二十六日。」

雷基把其他幾份報紙攤在桌上讓蘿拉看。

「其他的報紙都是二十七日。」雷基說：「整整慢了一天。如果將警方報告出來的時間列入考慮，你會想應該是隔天刊出才對。但是《太陽報》卻在屍體發現後僅僅六個小時，就刊出了報導。」

蘿拉想了一下。「會不會只是他們的截稿時間比別的報社晚？」

「也不會晚多久。這些報紙都是早報，截稿時間都差不多。《太陽報》如果要比別家報社早一天刊出，他們就必須有內線消息。他們幾乎要和員警同時到達現場，才有辦法趕上早報的排版。」

「員警給的內線消息？」

雷基想了想。「我覺得不是，因爲案子的負責人是溫柏利，他只會在權限範圍內允許記者採訪，不會給他們任何額外的消息，他也不會允許組裡的人做出那種事。所以《太陽報》有別人所沒有的消息來源，而我不覺得是從員警那邊來的。」

雷基站起身來，再也壓抑不住了。

「我要去找他談談。」

「找誰？」

「你的未婚夫。」

「是未婚夫候選人。你不准去。」

「蘿拉，如果他對這些古典計程車的犯罪事件有內線消息，那麼就需要有人……」

現在換蘿拉站起來了。

「是。有人要去。不過，那個人是我。」

「不行。」雷基說：「可能被關到監獄的人是我，我也最有資格去……」

「什麼？最有資格怎樣？雷基，你無法控制你自己。如果你去了，結局就是你們其中一個倒在天竺葵的大盆栽裡，另一個則被關進了監獄。你沒辦法理性的面對他。」

「我當然可以理性的面對他。」

「眞的嗎？那麼你怎麼會沒發現這個？」

她「啪」的把幾份《太陽報》丟到他面前，一一指著每篇報導上的署名。「這裡，這裡，還有這裡。」

雷基瞪著報紙。她說得沒錯，《太陽報》上的每篇報導都出自同一人，艾瑪．史巫普。她不僅是報導雷基洛杉磯之旅的記者，也是最早就出現在洛茲路犯罪現場的一位。

雷基發現自己重蹈覆轍了。他過於在意蘿拉和巴克斯頓的關係，結果先入爲主的想法，反倒讓他忽略了顯而易見的關聯。

或許那個記者就是關係人，也可能是巴克斯頓自己。目前爲止，無法證實。不過他很確定，他不想在這個時候跟蘿拉起任何衝突。

「你說得沒錯。」

「是嗎？然後呢？」蘿拉說。

她頓了一下。雷基回答得太爽快了，她反而不知道該怎麼接下去。

「好。」雷基一邊說，一邊拿起外套。「我出發去巴茲前，會先去找史巫普小姐談談。」

然後他離開了辦公室。

蘿拉仍坐在位子上，看著他把門關上。

整個談話過程與原先預期的完全不一樣。

或許是和所謂的沙文主義有關，但這反而令人擔心。

不過擔心也沒用。她靠著椅背，重新翻閱報紙，將所有關於古典計程車犯罪的新聞一一看過，從最早的一篇讀到最晚的一篇。

然後又看了一遍，但是這次看的不是犯罪案件的報導，而是關於公聽會的文章。

當她看完全部的報紙後，又盯著那一大疊《太陽報》，呆坐了好一會兒。

最後她站起來，離開辦公室，走出貝格街的建築物，搭上一輛計程車，前往瓦平。

20

雷基來到凡車遲街上的小酒吧，去見艾瑪．史巫普。

最近幾個月，幾乎每輛雙層公車上都有「艾瑪．史巫普爆料熱線」的廣告。他離開貝格街事務所時，打了那個電話號碼給她。

一開始當然是自動語音系統接聽的。可是他一報出姓名，電話馬上被接了起來，是艾瑪本人。她聽起來很高興，也很急躁，就像蜘蛛在它的網子上看見了黏住的蒼蠅一樣。

酒吧是她建議的，位置不管離瓦平或佛里特街都很遠，以便避開其他記者的耳目。她說她一向都很保護她的消息來源。實際上雷基只是想探探她的口風，但有好一會兒他讓她誤以會得到什麼獨家消息，並且讓她以為今天的主題是他以及他所知道的事，而不是她。

除此之外，她說自己還沒吃早餐，所以肚子很餓。而這間酒吧的早餐供應時間正好很長。

雷基在後面的包廂找到她。

看到雷基走近，她露出大大的笑容，順手把空盤子推到一旁。他還可以聞到香腸和烤番茄殘留的味道。

「很高興又見面了，希斯先生。」

雷基停下腳步，站在原地，看了看四周。「我相信這次你沒帶攝影師，對吧？」

「當然沒有。」

他在她的對面坐下來。

「我有一封信要給你看。」雷基說：「也有一個問題要請教你。」

「我也有問題要請教。」她說。

「那一部分我無法承諾什麼。」雷基說：「但是我會讓你看一封信，作爲回答我問題的回報。」

「那麼先看信好了。」她說。

雷基把寫給夏洛克．福爾摩斯的告密信從外套口袋拿出來，放在桌上，擺在艾瑪．史巫普的正前方。然後他往後靠，等著看她的反應。

她開始讀信，眼睛瞪得好大。之後，又將信從頭重新看一遍。

她摀住嘴巴，彷彿想要忍住不笑。她抬起頭，高興的看著雷基。

「你把我的工作變得毫無挑戰性。所以，你眞的會收到別人寄給夏洛克．福爾摩斯的告密信？關於你自己案件的？」

她拿出筆來，開始振筆疾書。

「不完全是。」雷基說：「或許就只有這一封，可能是某人寄來的。她知道如果寫信給夏洛克．福爾摩斯，我就會收到。」

艾瑪停下筆來。

「她？」

「只是個猜測。」

「好，我相信你。你心裡有特定的人選嗎？」

他逼視她，像開庭時審訊對方證人一樣。

「是你寫的嗎？」

她笑了。

「爲什麼你會認爲是我寫的？」

「有三個原因。第一，你唯恐天下不亂。」

「胡說八道。人們對於愚蠢的事情本來就會說長道短，包括你在內。我發現根本用不著別人鼓勵他們。」

「第二，你知道我的事務所會收到寄給夏洛克．福爾摩斯的信。」

「這是衆所皆知的事。」

「是，因爲你在《太陽報》上大肆宣揚。」

「沒錯，那是我的工作。那又怎麼樣？重點是，大家都知道。」

「第三，你在《太陽報》上報導的犯罪案件，比其他同業來得詳細，來得快。他們趕不上截稿期限，你卻可以。」

「謝謝你！我眞的很努力。」

「可是，看起來似乎在事情發生前，你就先知道了。」

對於他的評論，她尷尬的笑了笑。

「可能看似如此，但是眞的沒有。如果眞是那樣，我就有責任要通知警方。但是，我眞的是事後才知道的。事前知曉和事後知道的差別很大。」

「但是能夠這麼快就知道，一定是有人向你通風報信。」

她聳聳肩。

「是誰？」雷基問。

「我沒說有人向我通風報信。就算有，我也沒有義務要揭露他、她，或它的身分。」

雷基瞬間進入大律師模式，全力發動攻擊。

「這跟你是個該死的記者，所以擁有那些該死權利無關。這也不是要讓舉發企業不法的告密者或是揭露政府重大資訊的人員曝光。事關人命，你竟然滿腦子只想到要打敗對手，爭取表現。」

她不作聲。雷基看得出來，她正在想該怎麼辯解。

「我想你對懷有雄心大志的女人有意見？」

「沒有。」雷基說：「我沒有。」不過他決定不要繼續咄咄逼人，免得惹惱了她。那樣對他也沒什麼好處。

「我猜你也會收到粉絲信。」雷基說。

她猶豫了一下。

「沒錯。」過了一會兒她才說。

「那些爲你瘋狂的粉絲，他們生活的動力就是在報上看到自己提供的消息變成由你署名的報導。」

「偶爾會收到。這不是什麼祕密，我相信你也看見我的廣告了。」

「你的古典計程車系列也是粉絲提供的線索？」

她靠著椅背，沉默不語。雷基知道他已經快要問到重點了。

「好吧！」她說：「大概在兩個多月前，我看見員警的記事簿上寫著，有一個女人被古典計程車司機下藥，在後座被猥褻。我覺得那是個值得見報的新聞，所以就寫了篇文章。新聞出來後一星期，我收到一封信，信上提到那篇報導，稱讚我寫得很棒，要我繼續加油，也說人們太高估古典計程車了，它實際上根本是個威脅。他說他願意盡其所能的幫忙。和我收到的其他信件相比，這封信是奇怪了點，但也就只是奇怪而已。當時我以爲事情應該就這麼結束了。

「但是收到信之後沒幾天，我接到一通匿名電話，告訴我員警正在皮卡迪利處理一件古典計程車的搶案。我馬上趕過去。果不其然，眞的發生了搶案，員警正在處理。受害者說搶犯是個古典計程車司機。我是現場唯一的記者，所以我有許多警方沒對外公布的細節。我的報導隔天也在《太陽報》上占了相當大的版面。」

「難道你從沒懷疑過你收到的消息？」

「從來沒有。可能是剛好在現場的人，店員、站在路旁的人，或是坐在雙層巴士上正好經過的人，誰都有可能。」

「但是後來又發生了一次，不是嗎？」

「對。」

「然後又一次。」雷基說：「切爾西區洛茲街的謀殺案，也是幸運的從某個路人得到消息？」

「人們會看報。有事情的時候，他們都知道該打電話找誰。這沒有什麼好奇怪的。」

「那麼，每次都是不同的人打給你？」

女記者猶豫了，不安的換了姿勢。雷基想，就算是同一個人，她也不想承認。或許連她自己心裡都還不願意承認。有在政治醜聞裡臥底的線民是一回事，但如果牽涉到的是街頭血腥犯罪案件，那又是另外一回事。

「就像我說過的，全是匿名電話。」艾瑪辯解似的說。

「但是電話裡的聲音聽起來都一樣嗎？」雷基問。

「就算一樣，又怎麼樣？可能是某個該死的員警打來的。他們會漏口風。他們有自己的理由。」

「溫柏利的手下不會。」雷基說：「所以，聲音聽起來都一樣嗎？」

「我不知道。有什麼該死的差別嗎？」

「粉絲信是鼓勵你大肆報導古典計程車犯罪案件的第一步。」雷基說：「接下來的匿名電話則是確保你會持續報導下去，而且它們打來的時間都有點早。」

「你在指控我什麼？你眞的覺得那封粉絲信和那些匿名電話都是某個犯罪關係人的傑作？」

「沒錯，就是那樣，它們彼此相關。你會收到那些消息，是因爲你用了最大的篇幅報導了古典計程車犯罪案件。我不知道爲什麼有人要這麼做？但我只知道它確實發生了。」

「我對這點也毫無頭緒。」艾瑪說。

「好吧！我要給你另一個消息。你可以向溫柏利求證，幾個小時前，我從監獄出來時和他聊過。」

艾瑪急著打岔。雷基覺得她皮包裡一定藏了一個正在轉動的錄音機。「第一次被關起來，變成法律另一邊的人，請問感覺如何？這是你第一次被關，對吧？」

「省省力氣吧！我不會上當的。」雷基說：「就像我說的，溫柏利的鑑識小組已經確定最近發生的那起古典計程車案件，被拋到橋下的受害者是槍殺致死的，直擊心臟一槍斃命，不像之前的美國夫妻是暴力毆打致死的。他的死法，讓我已死的當事人大大降低了嫌疑。雖然從死者的衣著來看，你會以爲他是股票經紀人、財經分析師，或是有錢的賭客。但是死者的雙手卻和碼頭工人一樣粗。顯然是在他死了**之後**，才被換上一身昂貴西裝的。」

「眞荒謬！」艾瑪說：「爲什麼有人要花這麼大的力氣，弄一個一定會被鑑識小組識破的布局？」

「當然，沒人會這麼做。」雷基說：「除非這個布局，不是爲了掩飾罪行，也不是爲了混淆員警視聽或司法系統。就像你說的，只要他們一調查，就會識破。所以它的目的非常短暫。既然我們知道布局的對象不是員警，那麼唯一的可能就只剩下媒體了。」

艾瑪看著雷基好一會兒。

然後說：「所以你的意思是，我被耍了？」她問。

「我是說，歡迎加入！我們都被耍了。」

她挑高一邊眉毛看了他一眼，嘆口氣，把雷基放在桌上的信又讀了一遍。

「你對我公開這封信。」她說：「它變成了我們交易的一部分。所以我現在可以告訴大家，你栽在一封寫給夏洛克．福爾摩斯的告密信上？」

「儘管寫。此時此刻，我並不擔心這件事。」

她微微一笑，把信推回去給他。「我覺得匿名電話應該都是同一個人打的。只是那人講話的時候，先透過什麼儀器，所以我很難確定。但是每次聲音聽起來都一樣。」

「你說粉絲信是在兩個月前收到？」

「對。」她回答。

雷基推算了一下。這代表那封粉絲信，大約是在奈吉的巴茲治療小組解散前寄出來的。

「我猜信上沒有回郵地址？」雷基說。

「當然沒有。」

「郵戳呢？」

「有，這我檢查了。蓋的是巴茲的郵戳。」

「那個地方對你來說有什麼特別的意義嗎？」雷基問。

「嗯，它的範圍很大，不是嗎？」

「是。巴茲有家心理健康療養中心，你知道嗎？」

「不知道。」她笑著說：「你需要我推薦一家嗎？」

雷基不理她。「你認識一個叫淳柏的男人嗎？」

她先沉默了片刻，才回答。「希斯……你知道我一年要接觸多少人名地名嗎？我可以回去確認我的檔案，但是……」

「算了。」雷基說：「那麼，你聽過『迪蘭醫生』嗎？」

「我曾聽認識的狗仔提過，不過不記得他們說了些什麼。如果你要找他們聊聊，我倒是可以給你幾個名字。」

雷基考慮了一下，敷衍的點點頭，他作勢看了一下表，並掏錢付了帳單，起身準備離開。他對她說：「謝謝你的協助。」

她馬上跟著滑出座位。很明顯的，她嗅到了新聞的味道。

「你知道是哪兒的郵戳，然後你要走了？郵戳提供了那麼多資訊嗎？」

「沒有，光憑郵戳是不夠的。」

「我和你一起去。」她說完便跟著雷基來到街上。

「不行。我可沒那麼笨。」雷基說：「不過如果你要搭便車，我可以在出城前，先送你回去。」

「那就算了。」她說：「謝謝你把信給我看。它可以讓我在第六版寫上一、兩段。」

「對不起！讓你失望了。」雷基說。

雷基轉過街角，朝車子的方向走。他往後瞄了一眼，看見女記者坐上一輛古典計程車。

一開始，他還很小心的先確認艾瑪．史巫普沒搭著計程車跟蹤他。然後才開上四號高速公路，離開倫敦。

她顯然沒那麼做。不過計程車看起來都很像，實在很難說。

21

奈吉走進「菜鳥與高手」，看見比爾．愛德華茲在吧台旁聽一個年輕司機講故事。

「她坐進後座。」年輕司機說：「脫掉皮草大衣，然後把身體靠向玻璃隔窗，露出閃亮亮的首飾和乳溝。隔著窗，她低聲說，她知道古典計程車司機的海馬體都比較大。不瞞你說，我的就是。我都已經準備好要跳到後座，秀給她看。還好我即時搞清楚海馬體和我想的不一樣，這才作罷。」

愛德華茲點點頭，敷衍的笑了兩聲，下了高腳椅，朝奈吉走來。

「牛津大學發表了這篇研究[1]。」愛德華茲搖著頭說：「害我現在每次來，都得聽相同的故事。如果我真的相信，他敢跳到後座和乘客亂搞，我就會把他從這兒踢出去。這對我們的商譽不好，尤其司機太過自滿更是不好。你到後面的包廂坐一下吧！待會兒我告訴你一個更精采的故事，但是我不想讓其他的司機聽見。在人潮湧進之前，我們只有

1 這裡的研究是指由埃莉諾．馬奎爾（Eleanor Maguire）主持，以倫敦古典計程車司機為對象，使用磁振造影來追蹤牢記大量街道資訊的司機大腦結構有何變化。

幾分鐘的時間。」

過了一會兒，愛德華茲端著兩杯啤酒過來。他把兩杯酒都放在桌上，在奈吉對面坐了下來，等喝了一大口酒之後，才開始說話。

「什麼樣的故事都有人講。」他說：「雖然一半以上是編出來的，反正就是一些不同版本的都市傳說。」

「沒錯。」

「差不多在一個月前，我在吧台那邊，聽沃特斯講了一個故事。我從沒聽他講過故事，所以我就用心聽了。他並沒有引起太大的騷動，因爲故事有點平淡無奇。顯然大家對乳溝和海馬體比較感興趣。那時他說了一個故事，兩個星期後，他又講了一個，兩次我都聽了。很顯然，他講故事的目的不是爲了引起注意，而是因爲他眞的很困擾。」

「現在則是換你很困擾了。」

愛德華茲轉頭看了一眼吧台，奈吉也跟著看了一下。奈吉進來後，又來了幾個司機。不過他們並沒有近到可以聽得見的距離。

但愛德華茲回過頭後，仍是用同樣神祕兮兮的語氣跟奈吉說話。

「眞的讓我感到困擾的是該死的導航系統，我們知道它會破壞整個古典計程車的生態，那些犯罪案件不過是用來強迫我們接受它的手段罷了。如果我能幫你破案，我會盡力的。」

「所以沃特斯說了什麼故事？」

「在我告訴你他說的故事之前，你必須先了解一下古典計程車司機剛開始入行的狀況。」愛德華茲說：「首先，他會欠知識學校一筆學費貸款。另外爲了穿梭大街小巷，搞清楚路線，還要分期付款買輕型機車。對一個剛起步的年輕小伙子來說，這兩樣都是很重的負擔。除此之外，還要買輛簡直是天價的計程車。沃特斯就是沒有錢。」

「他繼承的遺產呢？」

愛德華茲狐疑的看著奈吉。「什麼遺產？」

「沃特斯告訴我哥，他繼承了一筆遺產。」奈吉說：「他說是他父親省吃儉用存下來的。父親過世後，他繼承了那筆錢。他就是用它支付知識學校的學費，才能入行的。」

愛德華茲搖搖頭。「沃特斯是孤兒，十七歲前都住在寄養家庭。在他載到第一位乘客時，他已經欠了一屁股債了。」

「你確定嗎？」奈吉問。

愛德華茲點點頭。「我不只聽他自己提過，其他認識他的人也說過。」

「有沒有搞錯，他居然對自己的律師撒謊。」奈吉說：「請繼續。這麼大的經濟壓力，他怎麼處理呢？」

「大致來說，他就是按部就班的做。他簽約成爲無線電計程車行的一員。你應該知道那是怎麼運作的，顧客打電話到無線電派遣中心，中心派出一輛車，再從中抽成。對顧客來說很方便，對還未在計程車招呼站建立自己地位的新手駕駛，也不失爲一個好方法。沃特斯一開始並沒有太興奮，因爲他們沒派多少客人給他。可是後來，有一個晚上他到酒吧來，跟我提到一個很特別的乘客。

「派遣中心打電話告訴他，有一位客人特別指定要找沃特斯。實際上，是要找一輛特定車牌號碼的計程車，也就是沃特斯開的那輛。一般的乘客應該不會觀察得這麼仔細，沃特斯也根本不知道那個傢伙是誰。不過他不在乎。於是他匆匆忙忙趕去東區的哈克尼唐斯。通常在那個時間，你是不會去那裡的。

「他開到那邊，接了乘客後，禮貌性的問那位紳士，以前是在哪裡載過他？結果他居然回答：『那兒都不是。』他說是因爲朋友的推薦才找他的。

「你可以想像，這樣的回答讓沃特斯更好奇了。他繼續問，那個朋友是誰？你知道那個傢伙怎麼說？」

「不知道。」

「『閉嘴，開車就是了。』他這麼回答。」

「他照做了嗎？」

「閉嘴開車？喔。他照做了。車子一路開到坎納瑞碼頭，然後繞了狗島一圈，最後又回到哈克尼唐斯。沃特斯說，他知道他們繞了一大圈。通常乘客都很討厭司機繞路。所以他又問了那位紳士想去哪裡？知道他說什麼嗎？」

「閉嘴！開車就是了。」奈吉很快回答。

愛德華茲對奈吉的急躁有些不高興，但他還是說：「你猜對了。」

「然後呢？」

「你是說他還繼續開嗎？嗯，我可以告訴你，他幾乎想停車了。但是就在這個時候，乘客從玻璃隔窗塞了一張五十英鎊的鈔票給他當車資，然後又立刻塞了另一張。他甚至還沒吩咐要做什麼。」

「那麼，沃特斯繼續開嗎？」

愛德華茲沒有馬上回答，看著奈吉背後的公共區域，對某人點頭打招呼。

「我們只剩幾分鐘的時間了。」他說。

奈吉也回過頭看。他看到酒吧已經聚滿了計程車司機。他們大部分甚至沒在喝酒，只是成群的聚在一起，大聲交談，似乎在等待什麼。

愛德華茲又對某個進來的人點點頭，才將注意力轉回奈吉身上。

「他眞的就繼續開。深更半夜的，開著同一條路線在東區打轉。到最後，那位乘客看了看表，要求在某個路口下車。他走進一座電話亭，打了通電話。接著再給沃特斯五十英鎊小費，告訴他，今晚到此爲止。」

「一個星期後，同樣的事情又發生了。然後，過了幾天，同一個客人又叫了車。但是這次，他說他沒時間一起坐在車裡，所以要沃特斯照著之前走過的路線，自己去兜圈子。並且要求他，在以後幾個特定的日子，同樣的時間，開車繞同樣的路線。不過就沃特斯一個人，沒有載乘客。」

「你是說，計程車裡沒人？」

「沒錯。沃特斯就是在那時第一次來這兒告訴我他的故事。我們倆絞盡腦汁，就是想不通。」

「沃特斯曾描述過那位消失的客人嗎？」奈吉問。

「沃特斯說那傢伙說話含糊不清，總是用外套帽子遮住他的臉。司機們都知道什麼時候該住嘴。總之，我們看不出來有什麼不對。所以我建議他繼續開。」

奈吉點點頭。「沒錯。法律又沒規定司機開著空計程車就不可以收錢。至少沒有條例可以處罰這個。但是為什麼沃特斯都沒跟我哥哥提過這些？他應該知道那和他的不在場證明有很密切的關係啊！」

「這我就不知道了。不過還有另一件事，你哥哥幫他打贏官司，讓他從裁判法庭上獲得釋放的隔天，沃特斯來酒吧，請在場的每個人喝一杯，好像他發了財似的。而且，我聽到他在電話上說，隔天就要把計程車的貸款還清。」

「但是你想不出他哪來的錢可以那麼做？」

「沒錯。要一次付清，可是很大的一筆錢。從那時候起，我就開始擔心了。後來，我做了一張表格比對，那些神祕繞行的時間和城裡發生古典計程車犯罪案件的時間相同，日期也都吻合。我想兩者應該是有關聯的。」

「確實如此。」奈吉說：「那表示當一輛計程車在城市的一頭進行下流勾當時，另一輛計程車卻被利用來製造不在場證明。如果一切就像你說的，那麼沃特斯就是整個犯罪陰謀中的一顆小棋子。」奈吉停了一下，接著說：「至少，在他拿到那一大筆錢之前是這樣的。」

愛德華茲站了起來。

「我知道的都告訴你了。」他說：「我們差不多要出發了。」

「什麼事？」奈吉問。這時，大部分的司機都期待的看著愛德華茲。

「今晚要舉行導航系統的後續會議，這次是和倫敦交通管理局開會。爲了確定他們明白我們確實知道它的利害關係，倫敦一半的古典計程車司機應該都會去。所以我必須先去安排一下。」

「聽起來滿有趣的。」奈吉說。

「如果今晚你會在城裡等計程車，那就不怎麼有趣了。」愛德華茲說：「這才是重點。」

22

傍晚時分，暮色漸濃。雷基在開出倫敦一個半小時後，終於來到該轉出四號高速公路的出口。沒幾分鐘，他已經在細雨中奔馳在巴茲狹窄的馬路上。

經過鎮上的羅馬遺跡，再往前走一哩，他看到老巴茲路。他往西轉，繼續在鄉村小路上開了兩、三哩後，終於到達心理健康療養中心。

中心的建築原本是個貴族的莊園大宅，綠色的長春藤爬滿了主屋老舊暗紅的磚牆，主屋現在是中心的辦公室。它的一側是以前的馬廄，現在改成病人的住房。另一側則是現代化的增建，上面牌子標示著治療中心和諮詢室。

雷基進入磚造建築，走過鋪著木頭壁板的大廳，到達接待室。雖然已經很接近下班時間，但很幸運的，辦公室還沒關。

一名中年女子坐在辦公室的接待櫃檯內。當雷吉進來時，她正忙著把東西塞進郵寄紙箱裡。

她的背後是病歷櫃和通往精神治療師辦公室的走廊。櫃檯一側的牆上有些層架，架上放著供大眾取閱的傳單。在另一側的牆上，則展示著專業的研究論文。

看起來的確像是下班時間了；辦公室的大廳裡，除了接待員，空無一人，根本用不著排隊。

女人抬起頭來。

「有什麼可以爲您效勞的嗎？」

她擺出做作的職業笑容，看起來頗爲官僚。雷基突然感覺到：她似乎很清楚自己的工作，要套出消息可能不容易。

「我認識的一個人最近成了你們的病患。」雷基盡量輕鬆自然的說：「她叫妲拉．芮妮。」

「很抱歉！」她說：「我不能透露病患的任何資料，甚至不能告訴你是不是有這個人。」

「是。你做得沒錯。」雷基說：「事實上，我只是希望能打聽到她參加的那個治療小組的一些資料。『職場啜泣』，我相信是這麼稱呼的。」

「啊！」那個女人說：「職場挫折小組。」

「就是它。」雷基說：「我記得是迪蘭醫生主持的。我知道要尊重病患的隱私，不過或許我可以和他聊一下小組的治療情形。」

「對不起，恐怕沒有辦法。」她打量著雷基說：「請問……你是來詢問專業能力的嗎？」

雷基頓了一下。他起先以爲她是在問他是不是來作法律諮詢的，後來才恍然大悟，原來她指的是那個醫生的專業能力，而不是他的。

「不是。」雷基很快的否認。「不是那樣。我只是想和他談談而已。」

「當然。」那位接待小姐說。「你提到的那位小姐……是她推薦迪蘭醫生給你的嗎？」

「實際上是我弟弟推薦的。」雷基說：「我弟弟也曾是這裡的病患。」

她點點頭，發出會心的微笑。

「這是我們的療前評估，麻煩你塡一下。塡的時候請特別留意有關家族遺傳的問題，那些可能會造成……」

「沒那個必要。」雷基說：「我不是來做評估的。我是爲了一封由迪蘭醫生辦公室寄出的信而來。」

「喔。你是因爲迪蘭醫生寫信給你，所以你才來的？」

「沒錯。」雷基說。雖然不是眞的，但他希望那樣說可以讓事情變得簡單一點。

「你的名字是？」

「雷基．希斯。」

她坐到位子上，打開電腦裡的檔案，很快的搜尋了一下。

「對不起。」她說：「我處理迪蘭醫生所有的聯絡事務，但是沒看到我們曾經寄送任何東西給雷基．希斯。」

「嗯。實際上，信是寄給夏洛克．福爾摩斯的。」雷基說。或許是因爲在監獄裡沒睡好，雷基的腦袋有點迷糊了。

那位女士花了幾分鐘，幫雷基重新查了一遍。

「夏洛克．福爾摩斯嗎？」

「那不重要。」雷基說：「重要的是，我要找迪蘭醫生。」

「他已經不在這裡工作了。」她又確認了一次。「你是說夏洛克．福爾摩斯嗎？」

「你能告訴我他去哪裡了嗎？」雷基問。

「他是最近才離職的，我只能透露這麼多。」

一定有問題，當然，背後必然有隱情。

「那麼，他是自願辭職？」雷基問：「還是被開除的？」

「我不能說。不過還是要確定一下我沒搞錯。你是說迪蘭醫生寫了一封信給夏洛克．福爾摩斯？」

「不是他，就是他治療小組裡的某一個人。這就是爲什麼我需要和他談談。」

「我懂了。所以你來這裡是爲了回覆那封信？」

「是的。」

「我懂了。」她謹慎的說了一次。「好吧。我很抱歉！嗯……福爾摩斯先生，對嗎？」

「不。我的名字是希斯。就像之前說的，雷基．希斯。」

「哦！是我搞錯了。嗯，眞的很抱歉！迪蘭醫生不會再進來了。不過，我相信，我們可以找到別的醫生，幫你解決正在困擾你的問題。」她邊說邊回頭瞅了眼背後那位正從辦公室另一頭走出來、身穿粗呢西裝的醫療人員。她看起來就是一副想跑過去抓住他的樣子。

「我想我可能沒說清楚。」雷基急忙說：「真的沒有什麼事在困擾我。」

「不用覺得不好意思。多多少少，總會有些事情困擾著我們。」

「我只需要跟迪蘭醫生請教幾個問題，是關於某個可能是他病患的人。請問你有電話號碼可以連絡得上他嗎？」

「對不起，他沒告訴我們他的私人號碼。」

「當然。」雷基說：「那麼，有聯絡地址嗎？」

「對不起。」女士說：「我真的不能透露。」

在她說話的同時，雷基發現她的眼睛很快向那個正在打包的郵寄紙箱瞄了一眼。紙箱上的地址朝著她，而不是他。所以從雷基的角度，很難看得清楚。不過他幾乎可以確定收件人的名字正是迪蘭。

「這些是迪蘭醫生的東西嗎？」雷基問：「你正在幫他打包嗎？」

接待員趕忙把箱子拉回來，不讓雷基碰到箱子。然後她坐回位子上，雙手緊握，雙肘牢牢的靠在桌邊。

「現在，希斯先生。」她正色的說：「請你直接告訴我是什麼事在困擾你。我答應，我們會找人來幫助你的。」

「很好。」雷基說：「困擾我的是，我愛的女人就要跟別的男人結婚了，我的律師生涯岌岌可危，過去的二十四小時我幾乎都被關在監獄裡。我冒著極大的風險，很可能會再被抓進去關一段很長的時間。但是如果我能和迪蘭醫生說到話，這全部，至少是絕大部分，都有可能補救。」

雷基停了下來，接待小姐卻不動如山。雷基決定豁出去了。

「或是……」雷基補充說：「和他一樣合格的精神科專家也行。」

女士微笑起身。「我們終於有些進展了，你先在這裡等一下。」她親切的說：「然後我去幫你找一個和迪蘭醫生一樣棒的人來。」她轉身離開，朝著那個穿粗呢外套的男人走去。

雷基的手伸過櫃檯，把那個郵寄紙箱稍微轉了一下，好看到上面的標籤。沒錯，它確實是要寄給迪蘭醫生的。

雷基寫下地址。

然後，他轉身，以不奔跑的最快速度，不引人注目的迅速離開了建築物。

23

蘿拉搭計程車來到《太陽報》出版社總部，門口的警衛馬上認出她，揮揮手就讓她過去。

當她搭乘通往巴克斯頓頂層辦公室的私人電梯時，突然想起她還沒給他一個答案。不過，他倒還滿沉得住氣。很不錯。

但現在最好別去提它。應該就事論事，不要混爲一談。她心裡也提醒自己要把持這個原則，在她把思緒整理好之前，跟他談話自然也要堅持立場。

她在巴克斯頓的私人辦公室裡找到他，好像爲了向她證明他的身手一樣，蘿拉一開門，他立刻從椅子上跳起來迎接她。以他的噸位來說，他的身手的確異常靈活，而他也抓住每個展露這點的機會。

他看起來就像個在聖誕節早晨醒來的小孩，眼中充滿了期待。她得小心點兒才行。他親吻她，她也回吻了，但只是點到爲止。

「我可不是來找你玩耍的。」蘿拉面帶笑容，半開玩笑似的說。她成功的緩和了有些尷尬的氣氛。

「不是嗎？」他以同樣戲謔的笑容回應。很好。

「不是。」她說。「我是以《太陽報》忠實讀者的身分來客訴的。」

「我們有個部門專職在處理這種問題。」

「我不跟部門打交道，我直接找老闆。」

「好吧！」巴克斯頓說完，走到桌子後面，雙手交握，坐了下來，就像在處理正常公務一樣。

「你的問題是什麼？」

有時候，她是喜歡他的，但現在這點反而成了困擾。

「是這些。」她說完，把六份不同日期的《太陽報》倒在桌上。「它們有個相同的模式，讓我覺得很困擾。」

「首先，我不寫報導。蘿拉，這你知道的。」巴克斯頓一邊說，一邊瀏覽它們，想看看困擾她的到底是什麼。

「它們是你出版的。」

「三個國家，五份報紙，我不可能全都讀過。是什麼模式讓你覺得很困擾？」

她調整了那些報紙的順序，好讓他知道從何開始。

「這是幾天前發生在切爾西的謀殺案。兩個美國遊客。頭版。你比其他報紙都快一步。」

「我們眞的很努力。」

「沒錯。」蘿拉說：「在那之前一個星期，你報導了一件發生在金融區的搶劫案。雖然不像謀殺案那麼吸引人，但我猜還是値得報導。上面說是一個古典計程車駕駛做的。」

「對。」巴克斯頓說：「沒錯。」

「報導很詳盡，別人只有一張照片，你放了兩張，用的版面也是別人的兩倍。」

「那是篇很棒的報導，蘿拉。」

「這是另外三篇。時間是在更早之前。每一篇，你的報導都比別人多。」

「蘿拉，我不懂。爲什麼你要對幾篇古典計程車的報導這麼敏感？」

「我一點都不敏感。」她辯解似的回應。「我只是覺得很奇怪。而且……」

「是因爲希斯，對吧？」

「這和雷基沒有關係！」

「是這篇，對吧？」巴克斯頓一邊說，一邊拿起其中一張報紙。頭版對雷基讓嫌疑司機獲得釋放大加抨擊。「如果你要，我可以對編輯提一下『瘋狂大律師』的部分。我不會落井下石，我是說，至少不會一而再，再而三，而且我也不會公器私用。」

蘿拉想了想。「實際上，我覺得『瘋狂大律師』的標題很好，和事實相去不遠。不過，雷基可以照顧自己。當然，決定權在你，看你打不打算再拿其他的盆栽來冒險？讓我憂心的是，你對所有古典計程車犯罪案的報導，其駭人聽聞的程度，即使以八卦報紙的標準來看都太超過。其中有幾篇，你不僅用了比別人多的版面，還拿到了獨家。不但比別人搶先報導，而且內容更詳盡驚悚，有時甚至兩者兼具。」

「嗯，我的記者如果想要保住他們的飯碗，就得賣力工作。有些證據保管人員會收受賄賂，至於蘇格蘭警場管不好他們的員工，那是他們的事。」

「如果只是深入挖掘新聞，強力爆料，那是一回事。但如果是爲了報復，就是另一回事了。」

「蘿拉，你是什麼意思？難道說，你以爲我個人對古典計程車有意見？」

「我是說，你被利用了。」

巴克斯頓笑了出來。「這倒是第一次聽到。」他說。

「每次的犯罪事件，都有人提供內線消息給你的記者。而《太陽報》則用大篇幅的報導，做爲回報。」

巴克斯頓的笑容頓時消失。「爲什麼有人要這麼做？」他問。

「我不知道，讓大家對搭古典計程車感到害怕？看起來像是這樣。」

「這麼做的人，動機又是什麼呢？」

「我不知道。但如果那眞是他們想要的，難道你不擔心你的大肆報導是在爲虎作倀嗎？」

巴克斯頓聽了，將身子往後挪，認眞的想了想。但是不一會兒，他就回過神，傾身向前，拍了拍蘿拉的膝蓋。

「親愛的，我入行多年，很清楚媒體是怎麼運作的，我也知道底限在哪裡。你擔心的重點我知道了。不過我想你可以放心的把管理報紙的事留給我。在你搭電梯上來的時候，我打了電話給蓋斯坎俱樂部的主廚。現在他正在送晚餐過來的路上了。」

他輕觸她的膝蓋，又拍了一次。蘿拉對各種輕拍、緊握和擁抱的含意很清楚。現在這個時候，這樣的輕拍再加上他說的那些話，並不是她腦子裡想要的結果。

「事實上，跟吃晚餐比起來，我比較想逛街。我想哈洛德百貨公司應該還開著吧？」

從巴克斯頓的表情看來，他非常清楚蘿拉其實喜歡晚餐勝過逛街消遣。當他聽到她說話的語氣，就立刻明白了她的意思。

「當然。」他回答：「我相信嫩里肌肉可以再熱來吃的。」

蘿拉幾乎要嘆氣了，因爲她知道再熱過就不好吃了，但她還是忍下來，沒說什麼。

倒是巴克斯頓嘆了一口氣。

「如果你願意，可以搭我的車去。」他說：「或是你想搭古典計程車，我可以幫你叫一輛。」

「我搭計程車好了。」蘿拉說。

她轉身走向門口，然後突然停下腳步，回頭看他。

「羅伯特，當雷基幾星期前從洛杉磯回來時，是誰決定把他的經濟困境和那些令人尷尬的夏洛克．福爾摩斯信件告訴全世界的？是艾瑪．史巫普自己想到的報導？還是你要她寫的？」

巴克斯頓看了蘿拉一眼，移開視線。過了好一會兒，他才鼓起勇氣，再次看著她。

他說：「我不記得了。」

蘿拉不以爲然的看了他一眼，然後推門離去。

古典計程車很快來到巴克斯頓總部的大門口。過沒多久，蘿拉已經坐在計程車後座，專心操作她的手機。她試著不去看中間的照後鏡，因爲她知道司機正不停的偷瞄她，想仔細看個清楚。現在要辨別人家到底是用什麼眼光在看她愈來愈難。到底只是看美女的眼光？還是看名人的眼光？實在很難區分。尤其第一眼時，根本看不出來。然而不管是哪種，她都已經感到很厭煩了。

「你們這些通過知識測驗的人，眼睛不是應該很專業的盯在馬路上嗎？」她說。

「對不起，夫人。小姐。女士。對不起。」

她聽到後笑了出來。電話終於通了，她撥了雷基的手機，但沒人接聽。

她把電話關上。這時，仍一直從鏡裡偷窺她的司機說話了。「只是覺得很驚訝而已，我以爲你只會坐豪華私人轎車。不過，還是很榮幸能夠載到你。」

蘿拉禮貌性的點點頭，微笑。然後她便把司機與乘客的通話器關掉，試著不去理會司機一路不停的從照後鏡偷窺。

二十分鐘後，她在貝格街下了車，搭上電梯，來到雷基的辦公室。

「我只是想確認一些事，馬上好。」她對露易絲說完後，直接走進雷基的辦公室，順手將門關上，環顧四周好一會兒。

雷基的辦公室裡有三個密碼鎖。書桌右下角的抽屜上有一個，中間上面的抽屜也有一個，剩下的一個則是在檔案櫃上。她記得當她初次遇見雷基時，雷基就已經有這些家具了，包括那些鎖在內。

她先走向書桌右下角的抽屜；就是之前蘿拉和奈吉試了她的生日，但沒能打開的那個。不過，這一次，她不像早先那樣輸入生日，而是輸入她電話的前六碼。不是行動電話的，是她和雷基初次見面時，她給他的市內電話號碼。

開了！抽屜平順的滑了出來。只有做工精良又小心使用的家具，才會如此安靜無聲。

她把它推上，關起來。

然後她走到檔案櫃，再次輸入她的號碼。開了！她又把它推上，關起來。

她用同樣的號碼試開中間的抽屜，也開了，彷彿它已經等待良久似的。

眞是的！雷基的辦公室裡只要是能上鎖的東西，用的密碼就是他們初次見面時，她家的電話號碼。爲什麼一個男人會這麼做呢？

這時，她聽到有人在敲門。

「請進。」

門開了。露易絲手上握著莫里亞提的信以及幾張紙，她往裡頭跨了一步。

「關於奈吉要我調查的打字機。」她說。

「是？」蘿拉回應。

「我找到它了。我是說，我去了博物館，然後發現一架打字機的字體跟信上的一模一樣。那是很稀有的機型，已經超過一百年了。後來我打電話到城裡每一家打字機修理店問；不過，事實上，也只有三家。結果發現其中一家，今年剛修理過一台。我需要打電話告訴奈吉嗎？」

「對，打電話給他。」蘿拉一邊說，一邊拿過她手上的信及地址。「不過，告訴他，我會處理。非常感謝你！」

蘿拉離開辦公室，走下樓梯，來到大街上。空氣開始變得有些悶悶的，不過還不到下雨的地步。她走到貝格街的人行道旁，準備攔計程車。

一輛停在路口附近的計程車馬上啓動，開過來，卻被另外一輛行進中的計程車搶先了一步。

「謝謝！」蘿拉一邊說，一邊坐進車裡。「波托貝洛路上的『標準打字機維修中心』。你知道它吧？」

「通通都在我腦子，小姐。」司機說。

「大家都這麼說。」她回應。

24

雨愈下愈大，爲了尋找迪蘭醫生的住處，雷基開著捷豹，轉進一條狹窄的鄉間小路。他希望在豪雨來臨前找到那個地方，否則到時候珂之幄的小路可能會無法通行，而回四號公路的道路也會跟著動彈不得。那麼他就要到三更半夜才能回到倫敦了。那可不行，心理醫生這條線，最後可能一無所獲。時間緊迫，雷基實在負擔不起將精力浪費在沒用的線索上。

離開市區，他就已經違反保釋條款。更何況他不想讓蘿拉有更多理由，整晚待在巴克斯頓的總部。萬一她打電話到雷基的辦公室，他卻不在，可就不好了。平常倒沒什麼關係，但現在可是非常時期啊！

總覺得哪裡不大對勁。不知道爲什麼，他突然開始對自己出城感到忐忑不安。

穿過小村莊，經過零星幾戶農家後，羊隻變多了，路也變得更狹窄。現在的路面只鋪了一層薄薄的柏油，泥水開始在路肩匯集成一條小河。

雷基放慢速度。這時，右手邊出現一條沒有路牌的岔路。他仔細看著地圖，應該是通往迪蘭醫生家的路。不過，也可能不是。

即使是晴天，它看起來也只是農場小徑。雷基停下車，想看清楚，但傾盆而下的大雨卻像潑水似的打在玻璃上。

他看見附近的地形漸漸不同。眼前平坦青綠有著不少羊隻點綴的田野在稍遠處被緩緩起伏的丘陵和谷地取代，更遠的地方則是樹木叢生的小山丘。

但在這兒到山丘之間，幾哩外的路旁佇立了一長排高高的灌木。有如圍牆的樹籬後面，就藏著一棟建築。

雷基將車子轉上了岔路。

現在的路比之前的更狹窄，路的左右兩旁都是很深的排水管道。高高的牧草和偶爾冒出的紫葉歐洲山毛櫸遮蔽了溝渠。小路不但沒鋪柏油，甚至有幾小段只靠灑碎石頭來改善路況。不過實際上，效果不大。凸出的石塊和雨鑿的溝槽，一路折磨著捷豹的底盤。

幾分鐘後，雷基駛過灌木圍籬，來到山丘上，長長的谷地呈現在腳下。一棟房舍坐落在要下谷底的半山腰。

實際上，那根本是棟豪宅，令人印象深刻。它的位置，可以將山下的谷地和遠處的山丘盡收眼底。即使距離甚遠，雷基也看得出來它與附近的農舍截然不同。顯然才完工沒幾年，一看就知造價不菲。牆壁是由當地很難合法取得的黃色石灰石或幾可亂眞的複製品裁切方正後堆砌而成的。

不管是哪一種石材，都太貴了，邊繼續往前開的雷基邊這麼想著。即使是個醫生，也應該負擔不起。

車子穿過的一片田野，而不是牧場。雷基猜想，他應該是進入了保留區。沿路已不見羊的蹤影，只有幾隻烏鴉盤踞在小徑對面的山毛櫸上，因雷基的經過而受到驚嚇，競相高飛。

雷基討厭烏鴉。擦身而過後，他不自覺的又朝照後鏡看了一眼。至少有六隻，其中幾隻已經跳到排水管道附近的地面。

牠們可能發現了兔子之類的東西。該死的烏鴉。如果有人看見雷基下車，在自然保護區裡沒來由的朝牠們丟顆石頭，他可能會拿到一張該死的罰單。

但是從照後鏡裡看見的不只是烏鴉，還有什麼閃亮的金屬物。

雷基將車子打入倒檔，輪胎轉動，泥漿四濺。他倒車回到烏鴉和吸引牠們注意的東西旁。牠們感興趣的東西在管道裡，被高高的牧草和蘆葦遮蔽。他還是無法確定到底是什麼。

雷基從車子裡出來，傾瀉而下的大雨，瞬間灌進他的衣領。他踉踉蹌蹌的走在泥濘的路上，來到對面的路邊。烏鴉散開，卻沒有飛遠。

他探頭一看，是一輛銀色的奧迪Ａ３。它偏離了路面，倒栽蔥似的跌入路旁的溝渠，撞上現在正站滿烏鴉的山毛櫸。

雷基撥開蘆葦，向前挺進。駕駛座的車門敞開。車頂上的集雨槽還停了一隻不肯離開的烏鴉。

泥地裡，雷基找到一塊小石子丟出去，烏鴉拍拍翅膀，終於跳開。

雷基看到車裡的白人男子，低垂著頭，右手無力的懸在車門外。

他沒綁安全帶，車子的安全氣囊也沒爆開。這倒是有點奇怪。不過，或許這輛車並沒有配備安全氣囊。

男子的頭因爲猛烈撞擊擋風玻璃而皮開肉綻，額頭也異常腫脹。雷基在車旁跪下來，確認他的脈搏。

沒有任何跳動。他死了。

雷基拿出行動電話，撥了九九九[1]。他知道電話裡他需要報上姓名，如果員警花點時間查，就會發現他已經離開保釋准許的活動範圍了。不過也沒別的辦法。

眞該死，手機居然不通。沒有訊號。就是這樣，在你最需要它的時候，連一格該死的訊號都沒有。

雷基的手機是這樣。但是，或許那位駕駛的手機電信公司會好一點。

雷基又探身回車裡，四處張望。副駕駛座的地板上，躺了好幾份被雨水浸濕的《太陽報》。眞有趣！他對特定八卦報紙似乎有超乎一般的濃厚興趣。

至於雷基現在最需要的行動電話則不見蹤影。地板上沒有，座位上沒有，手套箱裡沒有，駕駛的口袋裡也沒有。這倒是出乎意料。因爲年約四十五歲、穿著昂貴休閒服的駕駛，看起來應該是會隨身帶著手機的人。

1 英國的緊急求救號碼。

不過他的大衣口袋並不是空的。雷基找到一本小小的聯絡簿、一個裝有證件的錢包、一本蓋了三個月前入境章的護照。他的名字是賴瑞·淳柏，美國人。從名片看來，他是一家剛創立的高科技公司的老闆。

是奈吉提到的創投怪胎？雷基翻開聯絡簿。整齊方正的字跡塡滿了每一張紙。找到了！他在倒數第二頁發現了巴茲心理健康療養中心的地址和電話號碼。

雷基把所有東西放回男子的口袋。員警到達時，如果在雷基身上找到死者的錢包，那可不什麼好事。

他爬回泥濘的小徑，環顧四周。

如果調頭開回轉進來之前的那條小路，至少要花半個多小時才能找到農舍打電話。方圓之內，唯一的房子就是那棟黃石屋，而且它距離這裡應該不到一英哩。

雷基回到捷豹，發動引擎。輪胎在泥地空轉了一下後，就繼續往那棟房子駛去。開了半哩路後，車子離開泥濘小徑，轉上一條很長的碎石車道。

他將車子開到房子前面停下來，沒有其他車輛停在附近，室外沒有任何燈光。但是門上有一塊刻著門牌號碼的牌子，正好和雷基手上的地址吻合。這裡的確是迪蘭醫生的家。

雷基下車，走到前門，握住沉甸甸的門環，往實心紅木大門敲。等了一會兒後，又敲了一次，沒有回應。

日暮時分，天色很快暗了下來。雷基透過窗戶拉上的百葉窗木片空隙看進屋內，屋子後面的房間有燈亮著。

他從屋前，沿著側邊走向屋後，鞋子踩在潮濕的碎石子車道上嘎吱作響。他可以看得出來這兒曾停過一輛車，車胎殘留在碎石地上的痕跡現在已經全淹滿雨水。

碎石子路的盡頭是一個鋪滿黃色石灰岩片的露台。沒設柵門。

但顯然設了保全系統。因爲雷基踏上露台後，白亮的地板燈馬上打開。他停下腳步，眨眨眼睛。

預期中的警鈴大作沒有發生，不過這並不代表私人保全服務沒收到通報。

他觸動了保全系統。不過即使有人立刻趕到這兒，至少也需要二十分鐘的車程。他必須提高警覺，因爲在他們來這兒的路上，可能會經過栽在溝渠裡的車和屍體，然後假設雷基是個不法的入侵者。

他確實也正打算入侵。他想跟迪蘭醫生談談，但是，很不幸的，他不在家，而來路上又躺著一具屍體，所以他實在沒必要，也沒辦法拘泥於正常禮節。他有完美的理由解釋他的入侵，他也知道應該可以這麼做。

他繼續走向屋後的大玻璃窗。它們也裝了和前面一樣的木片百葉窗，只是這些百葉窗是開著的。這裡擁有整棟房子的最佳視野，保留區裡綿延的山丘盡入眼底。

雷基從大窗戶朝裡看。

裡面是餐廳。他可以看見一張很長的厚玻璃長方形餐桌和六張椅子。但是屋裡的光不是從餐廳透出來的，而是從裡面的走廊。

如果有人在家，這時候務必要確定他知道雷基的存在。於是他大聲喊叫，用力敲著巨大的落地窗。

沒有回應。

雷基走到落地窗旁邊的玻璃門。

他踏上露台時，以為那扇門是關著的，但他現在發現好像不是這樣。門沒鏈上，開了一條不到一公分的細縫。雨水沿著門框滑落，匯集在拉門的軌道裡。

雷基拉開落地窗，金屬的摩擦發出很大噪音。

他跨進去，走進餐廳。正中央擺著餐桌，餐桌的一側則是走廊。桌上躺了一支行動電話，看起來應該有人在家。

雷基朝著走廊又喊了幾聲迪蘭醫生。沒有回應。光線從屋裡更深的地方透出來，不過也可能是從走廊盡頭通往地下室的門透出來的。透過敞開的門，雷基可以看到光線反射在拋光木地板上。他朝著那個方向繼續前進。

他經過了兩扇分別通往臥室和書房的門。他很快的看了一下，確認裡面沒有人。

潔淨無瑕的地板上有少許泥巴的痕跡，看起來應該是今天才留下的，因為和雷基從外面踩進來的泥巴沒什麼兩樣。

他來到走廊盡頭打開的房門。看見通往地下室的樓梯，還有光，非常大量的光，從下面照了上來。

雷基在門口停下來，敲敲門柱，又喊了一次。

還是沒人回應，他開始走下樓梯。

他一下來就發現這裡並非酒窖，也非儲物間，而是個被徹底改裝過的地下室。日光燈在天花板上大放光明，固定在牆上由金屬和白色富美家耐火板所組成的工作平台又長又大。上面放了幾部個人電腦、伺服器和顯示器。平台的中間，擺了一張舒適的辦公椅，旁邊緊貼著檔案收納櫃。兩張小一點的方便實用高腳椅則放在電腦前。

這是一間小型電腦室。雷基馬上想到那些在矽谷車庫開創事業，然後賺大錢的瘋狂傳說。

不過，在一位英國心理醫生家裡的地下室發現這些卻有點奇怪。就算醫生想要將他手邊病歷之類的東西連線上網，也不需要這麼一大間電腦室，它的存在一定另有目的。

況且，如果只是爲了一些簡單的技術支援，也用不著把躺在溝渠裡的男子千里迢迢的找來。

富美家工作檯尾端的地板上躺著一本三孔資料夾，看起來像是一本日誌，應該是匆忙之間掉在地上的，本子和裡面的內頁都歪掉了。雷基把它放回檯子上，翻開。

頭幾頁是一份做了記號的日曆。日期只有兩個月，包括當月和之前一個月。有些日子被紅筆圈了起來，旁邊還寫了註解。它們看起來很眼熟，雷基仔細比對。

它們是公聽會的時間。如果雷基對註解解讀正確的話，那麼它們都是淳柏導航系統的公聽會。它們涵蓋的時間有好幾個星期，愈後面的聽證會愈重要。其中一場是今天早上才舉行的，就是奈吉出席的那一場。另外還有一個圈在今天晚上，而最後一個圈起來的日子是明天，交通管理局將會做出最後決定的日子。

不過，還有其他的原因讓雷基覺得那些日子很熟悉。

雷基從書桌上拿了枝鉛筆，在同一份日曆上，將發生計程車犯罪事件的日子一一標出。

一開始，它們似乎並無緊密的關聯性。不知道爲什麼，雷基反而覺得這是件好事。但他又確認了一次，發現它們其實有固定的模式存在。

除了第一起犯罪事件外，引起恐慌的古典計程車搶劫案和一開始的幾宗無禮待客，全部發生在同一個星期，也就是在舉行第一次導航軟體公聽會前的那個星期。

從那次公聽會之後，犯罪案件愈來愈嚴重，也愈來愈引人注目。最後甚至在第二次公聽會的前一個晚上，發生了美國夫妻謀殺案。

古典計程車的犯案罪行並不是隨機的，它們是一連串的陰謀。它們是設計好的，刻意選定時間和方式，爲的就是要讓人覺得淳柏的軟體系統有其必要性。

但到底是誰的陰謀呢？設計軟體的人是淳柏，可是日誌和電腦室卻是在迪蘭醫生的房子裡。

雷基迅速的翻著，剩餘的日曆一片空白；但是在日誌部分，有幾頁手寫的註記。分別寫著C1、C2、C3，以及對應的倫敦路線。

雷基懂了，是計程車。這裡寫的是古典計程車。

從筆跡來判斷，可以明顯看出日誌是由兩個不同的人寫的。但是兩個都不是淳柏。

雷基看過淳柏的聯絡簿，他的字是工整的印刷體，簿子裡的註記則是書寫體。一個寫得歪歪扭扭，幾乎無法辨認，就像平常醫生的簽名一樣；另一個則是一絲不苟的老式寫法。而且……而且雷基知道自己曾見過它，它就跟妲拉．芮妮送來給他的案情摘要檔案上娟秀的筆跡一模一樣。

雷基深呼吸，在工作檯前的椅凳坐了下來。現在幾乎可以確定，妲拉就是奈吉在迪蘭醫生的治療小組裡遇到的女人，那個相信自己就是莫里亞提後裔的女人。而且毫無疑問，她也就是寫威脅信寄給夏洛克．福爾摩斯的那個莫里亞提。

除此之外，她還做了什麼？

雷基走到中央顯示器，找到接在上面的滑鼠，稍稍搖動了兩下，想看看螢幕是否會亮起來。

機器是開著的，但是他按了鍵盤和滑鼠卻沒有任何回應。

他將椅凳轉向其他的電腦，一部一部的試。

完全沒反應。

當然沒有，的確是太過奢望了。

他起身準備離開地下室，心想或許可以在樓上找到些什麼。

這時，他聽到一聲「嗶——」。

中央電腦啟動了。

就在同一時間，其他兩部電腦也啟動了。

是定時開關。雷基看了一下手表，長針正指著整點。整個設定想必是根據時間來運作的。

現在，三個螢幕都亮了起來。

雷基知道他沒有多少時間了。既然是定時開關，就表示有人快回來了。而且不管怎麼說，他之前已經觸動警鈴了。

在主要的顯示器開始啓動時，他往中間的椅子一坐，等著螢幕上的標誌和小圖出現。

但是它們並沒出現。他看到的只是一閃一閃的登入畫面，系統要求輸入使用者帳號和密碼。

他不是電腦駭客，而任何一套還不錯的安全系統，只要幾次錯誤的輸入，就會將電腦凍結。如果他要猜，就一定要猜對。

迪蘭當然有使用者帳號，但是他的密碼，雷基根本不知從何猜起。淳柏或許有，畢竟他是原創者，而且他的密碼極可能寫在錢包或聯絡簿上。但是雷基把兩樣東西都留在淳柏的車裡了。

妲拉也寫過日誌，所以她一定也有帳號。至於她的密碼，他倒是可以猜一下。他在帳號欄輸入了她名字的縮寫和姓氏。目前爲止，一切順利。登入畫面仍然正常的閃爍著。

現在要猜密碼了。雷基鍵入：

M-O-R-I-A-R-T-Y（莫里亞提）

登入畫面瞬間消失，取而代之的是數千個崩解的小點。過了一會兒，畫面又重新組了回來。

成功了！顯示器直接切入某個影像連結。影像的光線，並不是很充足。雷基瞪大眼睛，想搞清楚他到底在看什麼。畫面昏暗模糊，影像的邊緣呈圓弧狀，應該是針孔攝影機拍的。中央部分較爲明亮，看得出東西在移動，但是就像隔著一塊髒兮兮的玻璃，一切都是模模糊糊的。

雷基站起來，移到右邊的顯示器，結果看起來也差不多。遊標停在影像上面，雷基試著輕點滑鼠的右鍵。就在他點下的瞬間，影像呈現的角度也變了。

雷基發現他正在遙控一部該死的攝影機。

他將鏡頭往左移。基本上什麼都沒看到，只看見一個深色、堅硬、上面有紋路的表面。在它的上方有一片很平滑、會反射，像是玻璃的東西。除此之外，他什麼也看不出來。

他將鏡頭往右移，看到的也是有紋路的黑色表面。不過，還看到一塊黃色的小方塊。他點了右鍵，點了左鍵，點了兩次按鍵，試了中間的滾輪，終於可以調整焦距，讓黃色的部分看得更清楚。

他花了些時間調整焦距。這時，他才知道他在看什麼，是一輛古典計程車的內部，而後來對焦成功的黃色方塊是乘客門上的辨識牌。牌子上寫的車牌號碼正是：WHAMU1。

雷基認得那個號碼。法庭簡報資料把那個號碼深烙在他的腦子裡，他現在看到的是一架藏在古典計程車的遙控攝影機所拍攝下來的畫面。從牌子上的號碼看來，正是他死去的當事人所開的那台古典計程車。

雷基一直盯著螢幕看。

有什麼該死的原因，迪蘭竟然要在古典計程車裡安裝遙控攝影機？

雷基又回到監視器。他把鏡頭上下左右移動，終於看見駕駛座旁邊的窗戶。他認出是一堵灰色的水泥牆，牆上有黑色字母。現在，他知道那輛古典計程車的確切位置了。

它在新蘇格蘭警場存放證物的倉庫裡。他看到的遙控鏡頭僞裝得很好，好到連蘇格蘭警場的團隊也沒發現它。

雷基馬上換到另一部電腦，照著剛才的步驟操作。它是裝在另一輛古典計程車裡的攝影機。從倉庫牆上的字母角度來看，顯然不是同一輛古典計程車，但是它的車牌號碼卻是一樣的。

雷基案子裡的兩輛古典計程車，現在都停放在新蘇格蘭警場的倉庫裡，等著人們發現這些監視器。

給他們點時間吧！遲早還是會發現的。

雷基走回到中央電腦。因爲對操作流程比較上手了，他很快就將鏡頭的焦距調整好。

是一輛古典計程車。不過這一輛不同，它的車牌號碼不一樣，而且這一輛並不是在蘇格蘭警場的扣押倉庫。

這一輛車正在行駛中。雷基過了好一會兒才明白他看到的是，從一輛移動中的古典計程車乘客座位窗戶拍出去的畫面。

雷基目不轉睛的盯著螢幕。模糊的倫敦街頭，商店、路標、和行人一一閃過。他心裡思索著這一切的含意。

運輸處明天將會做出決定。如果雷基在日誌上看到的模式是真的，那麼今晚將會發生一起驚天動地的古典計程車犯罪事件，幾乎可以確定是另一宗謀殺案。

整個陰謀中，只剩一輛計程車可以利用了。雷基現在知道他在看什麼了。明天《太陽報》的頭條會是什麼，他大概也猜得出來了。

他正看著一輛死亡計程車在倫敦街頭閒晃。

現在這個角度是透過乘客座位的窗戶，所以他看不到計程車的駕駛。但是如果有乘客進來，他至少可以看到乘客一部分的模樣。不過現在車裡並沒有乘客。

計程車左轉後，經過更多的商店和行人。透過窗戶有限的角度，雷基看見一位想搭車的乘客正朝著它揮手，但是計程車並沒停下來。顯然司機已經有特定的地方要去。

又是左轉，接著也是。

現在計程車又轉彎了。雷基開始認出一些先前看過的店；一間打字機維修中心，還有它隔壁的印度外帶餐廳。

計程車正在兜圈子。這時，又有一位先生試著攔車，不過司機還是不停。雷基推斷司機並不是要去某個特定的地方，而是在等待某個特定的客人。

雷基調整滑鼠和遊標，試著開啓音效和轉換攝影機的角度。

不過這時，他聽到沉沉的輪胎壓在碎石子上的聲音。

雷基的視線立刻從螢幕上移開。那是眞實的聲響，不是電腦裡傳出來的。應該是巡邏的保全。

他從椅子上站了起來，很快的跑回一樓。

捷豹大大方方的停在房子前面，所以他們一定知道裡面有人。

當他們發現他時，他最好正在撥電話給九九九，通報路上的撞車案。其實他早該那麼做了。

他沿著走廊，很快的走進先前見過的書房。他順手點亮了檯燈，然後拿起電話，撥了號，同時等著保全人員前來敲門。

眞該死！電話居然沒有訊號。這是家用電話，不是行動電話，可是卻完全聽不到撥號音。

出乎意料的是，從聽到車子開來的聲音後，一直都還沒出現巡邏保全的敲門聲。眞的很奇怪。

雷基將百葉窗稍微撥開個縫，觀察車道的情形。沒錯，有輛車停在那兒，是一輛新型的路寶。不過車身完全沒有官方的識別標誌。

這時，雷基聽到刺耳的金屬摩擦聲，是玻璃落地窗被拉開了。電腦室地板上的資料夾、被拉開一公分的落地窗、淳柏受傷的頭部、沒有爆開的安全氣囊，雷基突然明白到底發生了什麼事。他知道這代表了什麼。

他轉身回到走廊。不過已經太遲了。

他發現一位穿著藍色高領衫、褐色外套的男子站在他面前。應該就是迪蘭醫生。除了治療師和汽車推銷員，已經沒有人會穿成那個樣子了。

他們相距不到一公尺。顯然迪蘭偷偷繞到房子後面，從落地窗潛進來。

他們彼此打量。

兩個人一般高，年齡也相仿。迪蘭的頭髮有些少年白，但是身體看起來很結實。如果不是迪蘭手裡握了一把半自動格洛克手槍，雷基覺得自己的勝算其實比較大。

「啊！」迪蘭說：「XJS和昂貴的大律師白色細條紋西裝。」他乾笑了一聲。「我知道你是誰了。你是雷基．希斯。」

雷基只是看著他，什麼都沒說。

「希斯，你私闖民宅。難道你沒從刑案當事人身上學到這麼做是不智之舉嗎？」

「你說的沒錯。」雷基說：「我猜你應該打電話給員警！」

「對。」迪蘭說：「我會的。我待會兒就打。」

「不論如何，我相信保全已經在路上了。」雷基說：「他們大概已經發現你在路上設計的那個意外了。」

迪蘭挑起一邊眉毛。「我爲什麼要那麼做？」

迪蘭甚至不願費力去佯裝他聽不懂雷基在說什麼。看看手上握槍的人是誰？雷基覺得這可不是什麼好兆頭。雷基如果不以指控做爲兩個人談話的開場白，應該會比較好，不過話已出口，現在避開也沒用了。

「淳柏發現你想要利用他的心血結晶。」雷基說：「他看到你的日誌，意識到你正在做而他完全被蒙在鼓裡的壞事。」

「那麼，你認爲我正在做什麼呢？」

迪蘭的聲音聽起來冷靜、沉著、平順。雷基卻覺得很受不了。

「你錢賺太多了，迪蘭。光靠英國國家衛生事業局給的薪水，你是沒辦法蓋這樣一棟房子的。你利用私下幫名人看診賺來的錢蓋了這棟房子，你幫那些需要幫助的名人開處方籤，賺了些錢。但是得知他們私生活的內幕消息，卻幫你賺了更多。你販賣消息給狗仔，告訴他們某個人要去跟誰幽會，到哪兒才可以堵到他們。不過因爲你做得太過火，造成某個病患用藥過量。結果，所有有名又有錢的顧客全都棄你而去。你不僅失去他們的診療費，也失去販賣他們的隱私給八卦狗仔所換來的額外收入。」

雷基停了一下。迪蘭稍微挑起一邊眉毛，不承認，也不否認。雷基繼續說下去。

「不過沒什麼好擔心的，你已經準備好退路。當妲拉．芮妮和那個美國科技怪咖在你的治療小組出現時，你就有了初步構想。賴瑞．淳柏開發的車輛追蹤系統，加上妲拉．芮妮對古典計程車的憎惡和她修改淳柏心血結晶的能力，眞是太完美了！經過她的修改，系統不僅可以追蹤車輛，還可以暗中窺伺所有坐上車的乘客。你策畫了整個陰謀，然後讓妲拉成爲執行者。每個坐上古典計程車的人所說的話、所做的事，提供了你許多個人隱私、內幕消息。效果簡直與竊聽倫敦全市的電話差不多了。於是你又可以重回資訊販賣事業，而且規模更加宏大。

「但是淳柏對陰謀毫不知情，他以爲他只是在推銷他的導航系統。當他發現古典計程車犯罪案件發生的時間，居然完全和他的公聽會時間一致，立刻就知道這一切不可能是巧合，他氣憤的來這裡找你理論。你就把他殺了，然後布置成意外的樣子。」

雷基停下，看著迪蘭，等待他的反應。

迪蘭看了他好一陣子才開口說話，他聲音中原來的冷靜瞬間消失無蹤。

「嗯。我該說什麼呢？幹得好？其實，你也幫了不少忙。如果我現在打電話給狗仔，你覺得會發生什麼事呢？如果這些人想得到衆人的目光，那麼我賺些錢，幫他們搏得更多的曝光機會，又有什麼錯？如果他們想要點藥品，我幫他們開處方籤，不過是滿足他們的需求。雖然對他們來說，未必是最好的方式，但那全是他們自己的選擇。」

迪蘭情緒激動。他左右走動，但槍口仍指著雷基。雷基小心的移動，慢慢靠近他之前留意到的餐桌上的手機旁。

「這不過是個起頭。」迪蘭繼續說：「一旦古典計程車開了先例，所有的出租業都會採用這個系統。加長型豪華轎車、古典計程車、小型出租車，它們都將全面採用導航系統，卻不知道裡面隱藏了監視攝影機。我將能掌握整個城市發生的大小事，它會成爲一座資訊金礦。每個人都以爲他們是在私下討論，政客的陰謀、證券經紀人的內線消息、微不足道的罪行和弊病，都只是我額外得到的紅利。但眞正令人開心的是，我能夠幫助我剛認識的八卦記者，每個月摧殘一、兩位我以前認識的名人朋友，然後還可以從中得到報酬。如果我不能靠著服務他們來賺錢，那麼我就只好靠著讓他們出糗來賺錢。老實說，讓他們出糗，眞的有趣多了。

「不過有件事你搞錯了。」迪蘭繼續說：「事實上，不會有保全人員趕過來。」迪蘭現在漸漸定下心，回過神來。「警報直接連到我的行動電話。過一會兒，我會親自打電話給保全。到時，我會告訴他們，古典計程車案件的瘋狂大律師剪了我的家用電話線，闖進我家，而我不得已只好射殺他。」

「你爲什麼不現在就告訴他們？」雷基一邊問，一邊拿起放在桌上的電話，很快按了九九九。如果迪蘭要扣扳機，不如現在就面對它。

電話傳來操作錯誤的嗶嗶聲，然後螢幕跑出：「嗨！賴瑞。請輸入密碼。」

眞該死！

「是淳柏的手機，對吧？」迪蘭說。「你眞是倒楣！沒密碼就沒有用了。」

「我想你說得沒錯。」雷基說。他失望的關上手機，將它換到左手，好像準備把它放回桌上的樣子。忽然，他反手一抽，將十盎司重的手機朝迪蘭的臉扔了出去。

槍聲響起。

雷基沒有等著看迪蘭是否被手機打到，反而馬上朝迪蘭撲了過去，左手抓住槍，右手掐著迪蘭的喉嚨。

雷基猛力將迪蘭推倒在餐桌上，抓住他握槍的手重重的往厚玻璃撞去。迪蘭鬆開手裡的槍。不過雷基自己的衝力，再加上迪蘭最後的奮力反擊，使他從桌子上摔了下來。

雷基搶著爬過地板，抓到那把格洛克手槍，指著迪蘭，站起身來。

迪蘭爬起來，看看雷基手上的槍，再看看雷基，輕輕點了點頭，好像在說這沒什麼大不了的，然後不慌不忙的整理起他的衣領。「你的弟弟說過，你很會搶東西。」迪蘭說。

「我有他當練習的對手。」雷基說。

「是呀，我知道，我應該要牢記在心才是。但我想他講了太多他哥哥這方面的事，多到我實在記不住。你弟弟把他一生發生過的事，以及是怎麼發生的，全告訴了我。其中也包括很多你的事。」

「我才不相信。」雷基說：「把你的手放在我看得到的地方。」

「當然。舉個例子，我知道爲什麼你要當律師，爲什麼你們兩個都成了律師。事實上，其中可能還有一些連你自己都不曉得的。和你一樣，你父親受到的不公平待遇促使你弟弟也選擇了法律這條路。很驚訝吧？」

「不會。」雷基撒謊。「我早就知道了。」

迪蘭懷疑的露出一個討人厭的微笑。

「我知道你心裡的罪惡感。」他接著說：「你認爲足球賽最後會演變成那樣都是你的錯。如果你沒去，如果你沒自大的堅持戴那頂帽子，什麼事也不會發生。後來，你成了律師，接辦刑案。因爲你認爲，如果你代表被誣控的被告，就能讓事情平衡一點，可以消滅法律的不公。但是你徹底失敗了。你釋放了一個有罪的壞蛋，讓另一個無辜的人因此被殺。我想不出有什麼比這個還失敗的。當你以爲你迎接的是成功和回報，實際上卻是個不折不扣的大失敗，那滋味是不是很美妙啊？」

「去你的。」雷基說，卻想不到更好的回應。

「我還知道你弟弟在你認識你最珍愛的女人之前，曾和她在一起過。蘿拉．藍欽，是吧？」

「那是很久以前的事了。」

「當然，我知道這對你來說不是新聞。但是，你想知道他們到底發展到什麼程度嗎？」

「不想。」

「你只是不願意承認罷了，我相信你是很想知道的。坐下，我們談談。或許我可以告訴你。」

「不用。靠到牆上。」

迪蘭在他說話的同時，也和雷基之前一樣小心的移動了位置。雷基用一手壓住迪蘭的胸口，將他往後推到牆上。

「你就要失去她了，對吧？」迪蘭說。「你弟弟預言過，你知道的。他曾提過。他說他怕會發生那樣的事。已經發生了，不是嗎？」

「告訴我其他關於古典計程車的事。」

「我不知道你在說什麼。」

「新蘇格蘭警場裡鎖著你的兩輛計程車。還剩下一輛。告訴我它在做什麼？我知道它正在倫敦的街上。它到底要去哪裡？要做什麼？」

「不。」迪蘭說：「我不會告訴你的。如果會讓你覺得好過些，你就開槍吧！不過我能說的只有這麼多。你覺得你可以讓蘿拉回心轉意嗎？不可能的。太遲了。你已經徹底的失敗了，再一次徹底的失敗了。不過她確實是個很棒的女人。芮妮小姐也是。事實上，她們兩個都很棒，能力也很強。」

雷基聽夠了。

雖然直覺告訴他，迪蘭就是想激怒他，可是他還是忍不住舉起沒拿槍的手猛力打向迪蘭的臉。揮拳時的力道讓雷基手上的槍隨之偏向左邊。

雷基的拳頭確實打到了他，但迪蘭早就準備好避開，使得這一拳僅擦過他的臉，更何況雷基並沒使出全力。槍口既然不再對著迪蘭，迪蘭便毫不客氣的抬起手肘直接撞向雷基的臉。

迪蘭打的角度很好，正中眉心，重擊在鼻梁上。雷基跌倒在地，眼前一片漆黑。視力恢復之後，他看見前門洞開，迪蘭已經逃跑了。

顧不了鼻梁的劇痛和血流如注的鼻子，雷基爬起來，馬上追出去，甚至連掉在餐廳地板上的槍枝都來不及撿。

雷基跑到車道，迪蘭的路寶正呼嘯而去。已是夜晚時分，大雨傾盆而下，雨水掩蓋了碎石車道，車道盡頭的小路完全化成爛泥，周圍的牧場很快就成了淺淺的沼澤。

迪蘭開著路寶穿過泥濘小路，駛進海綿般鬆軟的田野。

雷基開著他的ＸＪＳ，緊跟在後。一開始，他還努力的追趕，在黑暗中，追逐著紅色的尾燈。但他的ＸＪＳ的底盤重擊到地上一個很大的坑洞，發出極大的噪音。不過他還是繼續行駛，奮力往前追。

路寶一路呼嘯，傾盆大雨中，車輪濺起水花，宛如電視廣告般顛簸越過溝渠。

這時，雷基連續撞到兩道淺溝。ＸＪＳ顛了一下，前輪軸應聲掉落，接著是後輪軸。捷豹淺淺的底盤著實的磨到路面上，徒留狂轉的前輪和嘶吼的引擎聲。

雷基走下車，瘋狂的咒罵著。血和著雨水從臉上流下。他看到迪蘭的車一下子就消失在田野之中。

他轉過身，朝迪蘭的房子狂奔。

25

蘿拉從波托貝洛路上的印度外帶餐廳走出來，手上拎著一個裝了唐多里[1]烤雞和唐多里烤蝦餐盒的紙袋。她真的是餓壞了。如果她到家前就把東西吃光，也沒什麼好驚訝的。

她急著要打電話通知雷基，順手把紙袋往臂彎裡一塞，拿出她的行動電話。在打字機維修中心工作的男士已經證實，自稱莫里亞提的人寄來的恐嚇信和店裡前一陣子維修的一架古老打字機擁有一模一樣的字體。而送打字機來維修的人正是梅費爾的妲拉．芮妮，也就是雷基當事人的初級律師。

所以和雷基一起出庭的女子自認是詹姆士．莫里亞提教授的後裔，也同時認爲雷基就是夏洛克．福爾摩斯。她想要對他不利，但至於她到底打算做什麼，現在仍然未知。

蘿拉拿出她的手機，撥給雷基，沒人回應。她被轉接到留言服務，她留了話，不過還來不及講完，手機就沒電了。眞討厭！這麼一來，他就沒辦法回她電話了。

1 tandoori，一種用泥爐炭火烹調的印度料理。

她走向路邊想攔一輛計程車，她已經看到一輛正從街尾靠過來。她今天攔計程車的運氣很不錯。不過，她希望這次不會遇上個愛說話的司機。她有太多的事情需要好好想一想，整理一下，並不想和任何人聊天。

26

雷基在曠野狂奔，渾身濕透，兩腿沾滿泥濘。他回到迪蘭的房子，立刻直奔地下電腦室。

所有的螢幕都是黑的。他在中央電腦前坐了下來，敲了一個鍵。謝天謝地！螢幕馬上亮了起來。

雷基盯著主螢幕，試著調整呼吸心跳，讓自己精神集中。過了一會兒，他終於知道自己在看什麼。那正是他想看的那輛行進中的古典計程車——它的車內畫面再度出現。

雷基認得那些商店，它還在同一條路上。很明顯的，那輛計程車在這段時間一直不停的在繞圈子。

這時，它在一家印度外帶餐廳和打字機維修中心前面停了下來，然後等在那兒。司機伸出手，輕輕在計費表上敲了一下。有人朝著乘客那邊的門走近。

門開了。雷基看不見乘客的臉，但是他知道進來的是個女人。

坐在電腦前這麼久，雷基此時頭一次發現自己像個偷窺者。即使如此，他現在卻不能移開視線。女乘客很漂亮，他可以看到長短適中的紅髮披在一邊的肩膀上，雙腿修長，左膝蓋的後面有雀斑……

雷基開始發狂似的調整鏡頭，想看看她的臉，可是做不到。

然後，他恰巧在螢幕某個正確的角落點擊了滑鼠的右鍵，剎那間聲音出現了。

他先聽到吵雜的街頭背景聲，接著是乘客的關門聲，最後他聽到乘客說話了。

「切爾西區的艾利史登街。」她對司機說。

聲音很清楚，明白可辨。

是蘿拉。

雷基無法確定司機是不是和她說了什麼，因為音效和影像一樣全準確的設定成對焦在乘客身上。

車子開動了。

蘿拉在後座坐定。攝影機的角度雖然還是拍不到她的臉，但拍到了她部分的側面。

從她下巴仰起的角度來看，雷基可以感到她有些心慌意亂，但她既不恐慌，也不害怕。

當然不會。她正坐在最讓人信賴的古典計程車裡，沒有理由要覺得害怕。

雷基看見她從印度外帶餐廳的白色紙袋裡拿了什麼出來。然後司機好像對她說了些話，她便把它遞到分隔窗。

「東西很辣。」蘿拉說：「你要吃一點嗎？」

顯然司機的回答是肯定的。雷基看到蘿拉拿著唐多里傾身向前，再坐回位子上。

之後，司機又說了什麼，蘿拉回答。「沒錯，我懂你的意思。如果很久沒吃印度食物，下次再吃時，的確會覺得像是第一次嚐試。」

計程車在路口停下，等待號誌變爲綠燈。蘿拉朝路的兩側看了看。

「你眞的知道要怎麼到切爾西嗎？」她說。

司機不發一語。

「下車！」雷基屏息低聲的說。

號誌燈變了。計程車正要起步。

「能遇到女性司機眞好！」雷基聽到蘿拉說：「最近我試著和男人講道理，眞讓我受夠了。至少我所認識的男人，沒有一個講得通的。不過，說眞的，我覺得你走錯路了。」

「下車！」雷基對著螢幕大喊。

但是蘿拉什麼都聽不到，還是坐在那兒。計程車開始往前滑動。

古典計程車司機說：「不用擔心，小姐。我非常清楚我們要去的地方。說我不知道方向實在很沒禮貌。」雷基聽到她的聲音，全身血液瞬間凍結。

他馬上就認出那個聲音。「下車！」雷基對著螢幕大吼。「快下車！」

蘿拉完全沒有反應。機器只能單向接收。雷基聽得到聲音，但是他的聲音傳不出去。

突然間，司機的影像出現在雷基眼前。他什麼也沒碰，攝影機的角度卻改變了。現在他可以看見司機的後腦勺。當她碰了碰耳朵旁的東西時，烏黑的秀髮下露出一個亮銀色的耳機。

接著，他聽到妲拉的聲音。聲音很輕，蘿拉應該聽不到，但是雷基透過電腦卻聽到了。

「你最珍愛的，福爾摩斯先生。」

話一說完，影像隨之消失。

接下來的幾秒，雷基全然不知所措。

房子裡沒有市內電話可用。XJS停在田野，和一大群羊在一起，他看不出哪一部電腦裝設了電子郵件系統。駭客應該有其他的方法，可惜他不是駭客。

這時，淳柏的電話突然閃過腦海。

雷基急奔上樓，穿過走廊，在餐廳的玻璃桌下找到之前他丟迪蘭的那支手機。有迪蘭的臉作緩衝，它可能還沒壞？

雷基打開手機蓋板，螢幕先閃了一下，接著整個亮了起來。太好了！

就如雷基所料，它依然要求雷基輸入密碼。

雷基握著電話，跑出屋子，奔入大雨之中，唰的跑過碎石子車道，回到泥濘小路，朝淳柏撞爛的奧迪狂奔。

雖然只是半哩之遙，雷基卻覺得非常非常遙遠。厚厚的泥巴拖住他的雙腳，黑暗遮蓋的坑洞讓他扭傷了膝蓋。雷基不知道自己到底跑了多久？在完全的漆黑中狂奔，感覺像是永遠都跑不到。

雷基的胸口灼熱，氣喘吁吁，好不容易跑到奧迪的車禍現場，他大動作的揮舞雙臂，驅散被新鮮受害者吸引來的烏鴉，然後他拉開駕駛座的門。

他將手伸進淳柏的口袋。聯絡簿還在。

一定是在第一頁。因為是淳柏自己的密碼，所以他不會特別註明，應該只會在第一頁寫下號碼。

就著車門打開而亮起的頂燈，雷基查看第一頁的上半部。果然沒錯，淳柏小心翼翼、工整的寫了五個數字。他翻開手機蓋板，看見提示畫面後，輸入那串號碼。

「歡迎！賴瑞。」電話回應。

謝天謝地！

但是電池指示燈居然開始閃爍。雷基知道他只有幾秒鐘的時間了。

去他的九九九！他撥了奈吉的號碼。

27

奈吉和一百二十個古典計程車司機坐在運輸處位於奔騰街的會議廳裡。他開始擔心自己是不是做了錯誤的決定。他不應該堅持讓雷基到巴茲的心理健康療養中心去的，他應該自己去一趟才對。

這不單是因爲他參加了這個古典計程車會議卻被放鴿子——早該在二十分鐘就開始的會議，居然還沒看到要來做最後一次遊說的科技怪咖出現。

也不是因爲奈吉比雷基厲害，能從團體治療師或其他人口中套出話來。雷基當然沒問題，一向如此，什麼事都難不倒他。任何有腦袋並認識希斯兄弟的人（包括奈吉自己）都知道，有事情找雷基；而奈吉只負責待在酒吧裡飲酒作樂，打打撞球就行了。不管什麼事，交給雷基一定沒問題。

那些都不是讓他擔心的原因，奈吉擔心的是：他在治療小組待了二十天，治療師每天花四小時聆聽奈吉訴說內心最深、最黑暗的家庭祕密。所以，奈吉不確定讓他們兩個碰面是不是一個好主意？

當然他說過的事應該會被列爲機密，而不至於洩漏出去，沒什麼好擔心的。不過，雷基套話的技巧可是很高明哪！

一位運輸處的人打斷了奈吉的思緒。他們到達後，這已經是他第三次站到麥克風前。或許又是再次宣布延遲吧？

那位官員先是代表運輸處致歉，表示淳柏先生仍未出現。針對目前的突發狀況，運輸處會負起所有相關責任，但是現在決定先休會。一說完，他立刻閃電似的從講台上消失。

台下的計程車司機不耐煩的議論紛紛。等了這麼久，大部分的人都不甘心就這麼離開。

「如果他們眞想要大家接受這東西，現在這麼做就太笨了。」奈吉身邊的愛德華茲說。

「我同意。」奈吉附和。「你以爲他們會想要……對不起，請等我一下。」

奈吉的手機響了。手機上有個該死的靜音裝置，但是他還沒搞懂要怎麼操作。他掀開手機，接起電話。

是雷基。他說得很快，在承受極大壓力的狀態下，讓他的聲音聽起來十分尖銳，和平常判若兩人。奈吉猛一聽還以爲是別人。

「蘿拉在一輛古典計程車裡。我在數小時車程的鄉下。找到溫柏利，告訴他蘿拉的事，要他發出警告。把這個車牌號碼給他……」

「雷基，你到底在搞什麼……」

「在我的電話斷掉前，趕快把這該死的號碼寫下來。」雷基說。

奈吉記下了號碼。

「但是爲什麼蘿拉在一輛古典計程車裡，我們就需要警方戒備呢？」

「不是**隨便一輛**古典計程車，是**那一輛**古典計程車。我確認過所有在犯罪事件裡被使用的計程車，只剩那一輛還在外面跑。坐上那輛計程車的乘客，今晚會發生不幸，而那位乘客正是蘿拉。」

「了解。」奈吉回答。就在激動忿怒的陳述當中，雷基的電話斷線了。

奈吉馬上撥電話給溫柏利探長。但是接起電話的卻是新蘇格蘭警場新增的語音服務。他掛了電話，改撥九九九。

「我要報案。是……是……綁架。」

「請問是誰被綁架了？先生。」

「蘿拉．藍欽。」

「你的名字是？」

「那有什麼該死的關係嗎？」

「你的名字？先生。」

「奈吉．希斯。」

「是誰綁架了她？先生。」

「我不知道。某個在古典計程車裡的人。古典計程車的司機。」

電話傳來片刻沉默。

「你親眼看到這位……蘿拉．藍欽……被強行推入那輛古典計程車嗎？」

「沒有。」

「她通知你說她被綁架了嗎？」

「沒有。我……不是那樣的。她可能是自願坐進去的，重點是……」

「先生，每天都有人坐上古典計程車，不是嗎？」

「是的，但是……」

「通常，他們只是從一個地方到另一個地方。他們沒有被綁架。你明白吧？」

「當然我……聽我說，忘掉我說她被綁架的事，重點是……」

「所以實際上，你沒有要通報綁架？」

「不是，不過她現在處境很危險，你需要全面發布通告。我把計程車的車牌號碼給你，號碼是……」

「先生，我要將你轉接給我的長官了。」接線生說完後，電話變得完全無聲。

「該死。」奈吉說：「我還以爲我做得沒錯。」

「有什麼問題嗎？」仍坐在奈吉隔壁的愛德華茲問，顯然他聽到了大部分的對話。

「該死……是的。」奈吉說著，不死心的再次輸入溫柏利的號碼。還是語音服務，於是他轉向愛德華茲。

「現在這兒有幾個司機？」奈吉問。

「一百個左右。」愛德華茲說。

「所以現在這裡有一百輛古典計程車和一百個古典計程車司機？」

「至少這麼多。」愛德華茲說：「而且只要我一通電話到派車中心，再多一倍也沒問題。」

奈吉寫下雷基在電話裡告訴他的車牌號碼。

「我相信你還是想找出古典計程車犯罪案件背後的眞凶吧？」

「這裡有許多人願意付出一切來抓住他。」愛德華茲說：「況且，現在他們正想要做點什麼有建設性的事呢！」

「只要找到那輛計程車和司機，你就找到你要的人了。」奈吉說：「但是要記得先救出裡面的乘客。」

「把計程車的車牌號碼給我們吧！你這小子還眞是不賴。」愛德華茲說：「事情就包在我身上，沒問題！」

28

蘿拉放下手中的唐多里，注意到現在的位置。

「眞的，你眞的走錯路了。」蘿拉說。

「喔，沒有，小姐。」司機說：「我一直都很清楚我要去哪裡。」

「我了解。但我要去的地方是切爾西，你可以在下個路口右轉上公園道，那樣應該就沒問題了。」

司機沒回應。不過蘿拉也沒放在心上。

公園道到了，車子卻沒轉彎，仍繼續往東疾奔。

「你忘記轉彎了。」蘿拉堅定的說：「走攝政路。然後，我再告訴你要怎麼走。」

司機沒回應。攝政路就快到了，司機並沒有轉彎的打算。

司機如果不是沒有方向感，就是她另有目的地，又或兩者皆是。

蘿拉冷靜的思考，用不著慌張。她必須先弄清楚現在的狀況。

「常看報紙嗎？」她態度輕鬆的問。

「每天都看，小姐。」

「貝格街的那位大律師，眞是不得了，不是嗎？」

「你是指那個讓計程車司機無罪釋放，然後再殺了他的大律師嗎？」

「喔，我想，人是不是他殺死的，還沒定論。不過他確實是讓那個司機被放了出來。」

兩人沉默了好久，蘿拉等著司機回應。此時，另一輛古典計程車追上來，緊跟在車子後面，還不停的閃著它的頭燈。

蘿拉的司機說話了。「那是詐術，你知道的。」

「你是指？」

「喔，他是一位大律師沒錯。不過，他不只是個律師，其實希斯根本不是他眞正的名字。」

「不是嗎？」

「不是。」

「那麼他的名字是什麼？」蘿拉問。

「夏洛克．福爾摩斯。」

「原來如此。」蘿拉不動聲色，小心應對。

她左右兩側的門突然傳出輕輕的喀喀兩聲。她知道那是什麼。司機剛才把門鎖上了，而且只有司機才能把門鎖再打開。大事不妙。

她現在只能走一步算一步了。

「打字機店裡的人告訴我一件有趣的事，是關於我拿給他看的一封信。你有興趣知道是什麼嗎？」

司機停了一會兒，然後說：「告訴我。」

「他說打出那封信的打字機，在不久前才由一個叫妲拉．芮妮的年輕女子送到店裡修理。那就是你，對吧？」

司機好久都沒做出回應。然後她說：「你可以叫我莫里亞提。」

「沒問題。」蘿拉說：「我一直覺得每個人都有選擇自己姓名的權利。現在我們不太能控制別人怎麼來稱呼我們。不過我想知道，你之所以希望被稱爲莫里亞提是因爲……」

「我的太祖父是詹姆士．莫里亞提。」

「是你媽媽那邊的太祖父。」

「沒錯。」妲拉說完後，頓了一下，接著說：「他被一個叫夏洛克．福爾摩斯的人殺了。我一定要報仇。」

「是個好名字，莫里亞提。」蘿拉大膽的說：「十分普遍。事實上，一點也不特別。再加上詹姆士這個名字，就更平淡無奇了。」

蘿拉停了一下，確定妲拉聽懂了。但是她沒反應，所以蘿拉繼續說。

「我的意思是，有沒有那麼一點可能，是你誤會了？也許你的外曾祖……或是更遠的外太祖父，是別的詹姆士．莫里亞提？或許不是書上的那個，而是眞實存在過的？即使是眞實世界，想爲受到不公平待遇的家人報復，都很困難。這種感覺，雷基就可以告訴你。」

「他的名字是夏洛克．福爾摩斯。」妲拉再次聲明。「他是個卑劣的人，我會讓他對自己的所作所爲付出代價。」

「聽你這麼說，我眞是鬆了一口氣。」蘿拉說：「當然我只認識叫雷基的他。但是，我本來還很擔心你可能喜歡他呢！」

妲拉聽到她說的話，回頭看了蘿拉一眼。不過很快又將視線轉回馬路上。

「當然沒有。」她反駁。

「如果你喜歡上他，那就太蠢了。即使以大律師的標準來說，雷基還是相當無趣。每個人都這麼說，而且是愈來愈嚴重。光想到他六十歲時會是什麼樣子，我都要不寒而慄了。不過我可以確定，你和他在一起，一定會覺得很無聊。」

透過分隔窗，蘿拉看見妲拉變得很煩躁。眞糟糕，或許蘿拉出手的方式不對。不過現在已經也來不及改變策略了。

「他的名字是夏洛克．福爾摩斯。而且我根本就看不起他。」

「太好了。」蘿拉說：「希斯兄弟行情低落已經好一陣子了。不過，現在恐怕更是全面下架，直接送進倉庫。」

原來緊跟在後的那輛古典計程車，現在追了上來，和她們並排，並且搖下了車窗。車上的司機開始對她們大聲喊叫。

妲拉突然橫跨一個車道，急轉彎。差點撞上一輛雙層公車。

「他的名字是夏洛克．福爾摩斯。」妲拉再次強調。「他殺了我的太祖父。我一定要報仇！」

車子現在來到了河岸街，往塔橋前進。此時，另一輛古典計程車開到她們旁邊，堵在前方的位置，免得她們又突然轉向。接著，另一輛開上來，緊跟在後。

「我奪走他的名譽。」妲拉說：「我奪走他的自尊。現在，我要奪走他最珍愛的東西。」

蘿拉正要開口回應時，震耳的警笛聲突然響起。是從塔橋傳來的。

她們到達河岸街的塔橋入口，所有的車子都停下來。通往塔橋的車道上，車列和車列之間還有滿大的空隙。但是橋面就要升起，她已經無處可逃了。河面上，一艘高桅大船正在接近。警笛震天作響，橋上的紅色警示燈不停閃爍。

「我不認爲你會那麼做。」蘿拉說：「他最珍愛的就是我。」

妲拉回過頭，直視蘿拉。

「完全正確。」她說。

然後她將油門踩到底，越過一輛又一輛的車，衝過警示燈，上到橋面，往北塔開去。

蘿拉知道在幾秒鐘內，過了北塔的橋面就會開始升起。妲拉當然也知道。兩塔之間的橋面會升起、打開。到時候，路的盡頭將只會剩下空氣，而她們沒有選擇，必然會垂直落進泰晤士河。

塔橋前的金屬柵門已經開始慢慢關閉，眼看就要完全擋住她們的去路。

妲拉加速往前。

「你過不去的。」蘿拉大喊：「不可能！」

但是計程車馬力全開的往前衝。

金屬柵門已經封閉了一半的馬路，還在繼續關上。柵門後的兩片橋面開始升起。

妲拉完全沒減速，突然將計程車轉向，試著閃過柵門。

柵門間的空間幾乎夠大，但還差一點點。古典計程車的車頭過去了，但是後面的保險桿卻在快速通過時，勾到金屬柵門的邊緣。

就當橋面已經升起，正要從中間打開時，計程車往前打轉碰撞，反彈到升起的橋面上。

車子終於停了下來。

好一會兒，車子裡安靜無聲，計程車轉了兩圈讓蘿拉覺得頭暈腦脹。她雖然還在喘氣，卻產生一種異常的幻覺，彷彿她現在十分的安全。

接著，在聽到計程車金屬底盤發出的嘎吱聲後，她馬上往窗外看。眼前的景象和車底下移動的感覺，讓她回過神來，明白了自己的處境。

計程車正好卡在兩片橋面的接縫處，而橋面正漸漸豎直。計程車的前輪停在南塔的橋面，後輪則在北塔的橋面。豎起橋面的液壓機和古典計程車的底盤互相較勁，誰勝誰敗可想而知。

橋面的缺口奮力張開，愈來愈寬，眼看計程車就要被扯成兩半。

前方擋風玻璃龜裂，爆開。

這時，乘客門的鎖因爲壓力彈開。蘿拉推開門，連想的時間都沒有，就立刻往外跳。

愈來愈陡的橋面使她的腳不住的往下滑，她趕緊伸出雙臂，抓住任何搆得到的東西。過了一會兒，她發現自己並沒有掉下去。她的臉正貼著兩片橋面銜接處的金屬覆蓋片。她的兩隻手臂伸出橋面，剛好將她自己撐住。

她低頭一看，下面就是泰晤士河。

她往左看，古典計程車還沒完全被扯成兩半；至少，計程車上從車頭一直延伸到車尾的腳踏板還在原位。

妲拉．芮妮雙手緊緊抓住腳踏板，整個身體懸在空中，下面就是泰晤士河。

妲拉唯一可以抓住的東西正被慢慢撕裂，她絕望的從北橋面看到南橋面，來回張望。

蘿拉到現在才第一次看到妲拉的整張臉，發現她居然還這麼年輕，比自己還小，而且顯得如此脆弱，嗯，至少在這個時候。

蘿拉現在沒有立即的危險，可是在橋面愈豎愈直的同時，抓著邊緣的她，也愈來愈不安全。但是她仍然把身體往計程車的方向移動，對妲拉伸出她的右手。

「抓住我的手。」

妲拉將臉轉向蘿拉。看得出她很害怕，但她還在猶豫。

「抓住我的手！」縱使蘿拉使勁大喊，她的聲音還是被震耳欲聾的液壓機和尖利刺耳的車子解體聲掩蓋了。不過她將她的意圖表達得很明白，把手又伸得更直。

妲拉終於將一隻抓住計程車的手鬆開，伸向蘿拉。

這時一陣巨大刺耳的金屬聲響起，計程車被扯成兩截。腳踏板斷裂，分成兩截的殘骸直直下墜，蘿拉試著想抓住的那隻手也隨之滑落。

蘿拉朦朦朧朧的聽到還有其他的聲音，是遠處穿來的驚叫聲。或許是件好事，有人來幫忙確實有用。但是她沒力氣回頭看。在喪失意識之前，她看到的就是妲拉．芮妮急速掉進泰晤士河裡。那是她所記得的最後一個畫面。

29

兩天後

溫柏利坐在雷基辦公室的大律師皮椅上，奈吉則坐在訪客椅裡，試著耐心的聽他說完。

奈吉趕著要去搭飛機。因爲時差和費用的關係，他很少撥越洋電話給瑪拉；就算有，也很簡短。他迫不及待的想回洛杉磯。

他希望溫柏利不會講太久。雷基警告過他，溫柏利很愛講話。或許這就是爲什麼雷基一大早就找藉口說要慢跑，然後溜出去了，好像他前兩天跑得還不夠多似的。

「我們在福克斯頓找到了這位好醫生。」溫柏利說：「當時他正打算持假護照搭乘歐洲之星，我就是喜歡英吉利海峽隧道這一點，那可是每個通緝犯的第一選擇。讓我的工作輕鬆多了。」

「他認罪了嗎？」奈吉問。

「我告訴你，除非沒辦法了，不然他不會認罪的。不過，鑑識科把他的房子和撞壞的奧迪徹底搜查過；另外有個在梅費爾區的俄羅斯小女僕也提供我們相當多的資訊。警方對迪蘭指證歷歷，所以他放棄了。我們以謀殺美國企業家、其他謀殺案的從犯，還有多到連我也記不清的陰謀犯罪等多項罪名對他提告。」

溫柏利將他的腳擱在雷基的紅木辦公桌上，奈吉本來打算告訴他把腳放下，但既然雷基沒道義的自個兒跑了，奈吉決定不去管他。因此，雷基的辦公桌也只能默默承受了。

「你知道嗎？他們還是否決了提議。」溫柏利接著說：「至少這一次還是。」

「為什麼？就因為暗中偵察軟體？還是其他原因？」

「當然是因為未告知就安裝，但也因為公司的負責人已經死亡，原本負責的特定團體已不復存在。可是這不代表全面否決了整個概念，我確定那是時勢所趨。一部能引導你到達目的地的機器？沒錯，這主意太棒了！不只可以用在計程車上；我相信，有些美國車已經配備了這個裝置。如果發生車禍，主動通知緊急救援單位？這個附加功能也很好啊！至於側錄計程車內所有人的一言一行，然後傳回資料庫？就算是以我的標準來看，也是有點太過火了。」

「我想，的確是太侵犯隱私了，」奈吉說：「不過，我覺得雷基真正想知道的是，現在那些起訴案件的狀態如何？」

「你是指針對他的部分？」

「當然。」

「喔，那當然！皇家檢察署已經撤銷了。依照目前的情形看來，我們認為是妲拉．芮妮殺了沃特斯。我們發現在他被捕到被殺的這段時間，有大筆現金存入他的帳戶。顯然他太貪心了。」

「沒錯。」奈吉說：「他並不在原本的計畫內。但在被逮捕後，他想通了爲什麼有人付他錢，要他開著車子漫無目標的在東區兜圈子。我確定他一定是想要封口費，當然，再加上他會被釋放的保證。」

溫柏利點點頭。「所以他們找了一位夠厲害的大律師，幫他撤銷了告訴。我大概猜得到他們爲什麼會找上你哥。而且我還知道，除非他相信他的當事人眞的無辜，不然他不會接那個案子的。」

「而他確實沒殺人。」

「我了解。但我想不通的是，他們怎麼能讓你哥哥再次接辦刑事案件？應該是下過一番工夫，並且還對他個人的事略知一二。不過，他們是怎麼知道他的弱點呢？」

奈吉看了看溫柏利，然後撇開頭，不安的在椅子上扭動。最後奈吉還是開口了。「我想多少是因爲雷基有個大嘴巴的弟弟，他在參加初級律師團體治療小組時，洩漏了家裡的祕密。」

「喔……」溫柏利同情的點了點頭。「那就是非常隱私的事了。就我而言，我通常不會碰觸這麼敏感，又過於情感化的東西。我喜歡有憑有據，像鑑識科學之類的。這個案子就是靠它才能順利結案。」

「你找到她的指紋了嗎？」

「找到了。」溫柏利回答，似乎不想再多說些什麼。但是奈吉並不滿意。

「你在哪裡找到的？」

溫柏利清了清喉嚨，然後說：「在洗衣粉的盒子上。」

「但一定不是在盒子外面找到的？」

「不是。」溫柏利回答。「在盒子外的當然已經被擦乾淨了。其他的東西也是一樣。就像你建議的，我們在洗衣粉盒子上用來倒出粉末需要拉開的那個礙事小缺口上找到的。」

聽到溫柏利承認他的建議正確後，奈吉感到十分滿意。他一點也不打算說出那其實是蘿拉的點子。

「那麼，另一個受害者是怎麼回事？」奈吉問：「那個突然被推下欄杆，掉到河裡的傢伙呢？」

「那件事是迪蘭和妲拉聯手做的。她安排見面，迪蘭開的槍。然後他們費心盡力把他打扮成另一個古典計程車犯罪案的受害者。不過，那人其實是他們最原始的古典計程車伙伴，那些搶劫案和美國夫妻謀殺案都是他做的。但是一旦事情要畫下句點，他們就不能讓他在外面閒晃被逮，然後招出他們的陰謀。根據迪蘭的說法，那個討厭鬼在一開始時，是不該把人殺死的——現在說得容易，不過他就是這麼說的。整個計畫只是要讓人覺得古典計程車不安全，而不是要嚇跑他們所有的客人。」

這時有人敲門，進來的是露易絲。

「喔。」她說：「要我晚點再來嗎？」

「沒關係。」奈吉說：「我們和溫柏利探長之間是沒有祕密的。我是指，就今天這個下午。」

「喔，打字機製造商終於回電了。你知道的，那一架用來打那封信的，從……嗯，你知道的。」

「然後？」奈吉問。

「他們發現了原始購買紀錄。是一位美國人，一八九一年在舊金山買的。」

「然後呢？」

「他們只知道這些，先生。在那之後完全沒有紀錄。直到上個月，才由妲拉·芮妮把它送到倫敦的『標準打字機維修中心』。」

露易絲說到這邊就不再講下去，但是看得出來她還有話想說。

奈吉狐疑的看著她。「你還有什麼沒告訴我們？」

露易絲猶豫了一下，最後她還是說了。「一八九一年買下它的那個美國人，名字是詹姆士·莫里亞提。」

奈吉聳聳肩說：「當時在英格蘭、愛爾蘭和美國有很多的詹姆士·莫里亞提，就像現在一樣。」

「對。」露易絲說：「這就是爲什麼我花了這麼多時間，我必須在族譜上一一確認，沒關聯的莫里亞提實在太多了。不過我最後還是找到了。妲拉·芮妮眞的是買了那架打字機的莫里亞提的太孫女，是她媽媽家族裡的。那個莫里亞提是美國人，一八九一年，他到瑞士旅行，在火車意外中去世了。他留下大筆財產給子孫，顯然這些財產隨著時間增加了。大部分是在美國禁酒時期，靠著走私英國和愛爾蘭威士忌累積的。」

「妲拉有雙重國籍，爸爸的英國籍和媽媽的美國籍。她的父母在一場車禍中雙雙去世，至今未滿一年。妲拉繼承了所有遺產，其中包括她外太祖父曾擁有的那架打字機。」

「聽起來很合理。」溫柏利說：「不過還是沒解釋爲什麼她會認爲那個詹姆士．莫里亞提教授就是她的外太祖父。」

「嗯，她已經有思覺失調症了。」奈吉說：「或許她父母的死，加上發現了一些她祖先遺留下來的東西，就足以讓她產生那樣的幻覺。不幸的是，那位外太祖父過世的地點和時間竟如此巧合，又或許是在她父母過世後才發現這些事，而父母雙亡更加大了她知道時的衝擊。所以後來迪蘭爲了他自己的目的，停掉她的藥時，她的幻覺就變得更眞實了。」

「嗯。」溫柏利一邊從雷基的位子上站起來，一邊說：「如果我們把她從泰晤士河撈上來，或許可以問問她這個。」

「什麼？」奈吉說：「你們還沒有發現屍體？」

溫柏利邊搖頭，邊走向門口。「給點時間，但也要看潮汐。我們還是有可能找得到的。那是條大河，什麼事都有可能發生。」

「你會讓我們知道吧？」奈吉問。

「如果你想知道的話。」溫柏利說：「但是我們如果真的找到了，我相信，你也會在報紙上看到的。」

溫柏利離開了。

奈吉看一看手表。「我趕著去搭飛機。」他對露易絲說：「還有什麼事嗎？」

「就這些。」露易絲說。她拿出一個裡面塞滿了信的大郵包給奈吉。奈吉打開來看。全是寄給福爾摩斯的信。

「我想雷基正準備把它們寄給你。如果你願意一起帶走，我猜我們可以省下一點運費？」

30

蘿拉從一輛古典計程車下來，站在攝政公園北側的行人入口處。她穿著慢跑長褲。雖然遮掩不住曼妙身材，身上的肌膚卻包得一寸不露。兩天前，大部分的倫敦市民都已經看夠了。所以即使天氣很好，她還是決定不穿短褲。

她不確定為什麼她會在橋面豎到最高點時，短暫的失去記憶？她所知道的是（事發後不久，有人告訴她）幾乎倫敦所有古典計程車司機和半數的員警全是手臂扣著手臂，在橋面最下方等著她滑下來時好接住她。而在他們後面的，則是一堆狗仔。

她只希望那天她穿的不是裙子。

今天她到攝政公園，打算沿著步道跑到貝格街上的公園南側。如果一切照計畫進行，跑完之後她將會有頓可口的午餐，還有在湖上悠閒的泛舟。她其實還滿期待的，於是加快速度跑了起來。

過了一會兒，她稍稍放慢腳步。沒必要把事情弄得太困難，如果她還想在湖上悠閒泛舟，就該放輕鬆點。

在攝政公園的西邊，雷基正沿著環狀步道往北跑，他幾乎是全力在衝刺。幾分鐘前，他從公園南側起跑，雖然雙腿仍十分痠痛，但他可以感覺到它們已經開始放鬆。他知道他可以跑完一整圈的。

大部分的痠痛來自於他兩天前在珂之幄拚命狂奔的結果。全速奔回迪蘭的房子後，他再度跑回撞壞的奧迪，然後打電話給奈吉。接著他在風雨泥濘之中，在鄉間小路上狂奔了四英哩，直到碰上一輛載著半打綿羊的卡車，將他送回巴茲。他再從巴茲搭計程車回倫敦。到達倫敦時，正好發現蘿拉被送到醫院檢查，全場都是員警和記者團團圍著她。

雷基轉過公園北側的彎道，開始跑在直平的步道上，朝著南側貝格街的出口繼續前進。他看到遠處有個女子正在跑步，一頭紅色頭髮左搖右晃。雖然看起來距離似乎很遠。不過他不擔心，他只是稍微落後而已。再一點點時間，他就能追上她了。他很確定。

臉譜

廣告回函
北區郵政管理登記證
台北廣字第000791號
郵資已付，免貼郵票

104台北市民生東路二段 141 號 5 樓

英屬蓋曼群島商家庭傳媒股份有限公司

城邦分公司

臉譜出版　　收

請沿此虛線剪下，將活動卡對摺、黏貼後寄回即可

黏貼處

臉譜

貝格街的紀念品

寫給夏洛克・福爾摩斯的委託信，
再次寄到現代的倫敦貝格街221號B座——

話題暢銷系列「福爾摩斯先生收」推出質感設計新包裝+全新續集，
邀請新、舊讀者共同探索一封封來信背後的謎團，並獻上獨創贈品紀念這趟解謎旅程……

◆2018年系列出版計畫：

四月—《福爾摩斯先生收》
六月—《福爾摩斯先生收II：莫里亞提的來信》
八月—《福爾摩斯先生收III：來自台灣的委託》
十月—《福爾摩斯先生收IV：莫里亞提的復仇》（全新續集）

集滿以上四本書籍之購買證明印花，即可獲得「《福爾摩斯先生收》貝格街金緻紀念帆布提袋」一只，不用抽獎，100%獲獎機率！

【活動辦法】
◆即日起至2018年11月30日止，新版「福爾摩斯先生收」系列一～四集，每本書最後皆附有一枚郵票造型的「【貝格街的紀念品】活動集點印花」（一～四集印花圖樣各自不同）！
◆ 將印花剪下貼於本張活動集點卡，集滿一～四集印花並填寫個人資料後寄出，即可參加【貝格街的紀念品】贈獎活動！
◆ 回函於2018年11月30日截止收件，郵戳為憑。
◆ 詳細活動規則請見臉譜出版公告：http://facesfaces.pixnet.net/blog/post/32278297
◆ 贈品將於2019 年1月20日陸續寄出至活動參加者填寫之地址。

【贈品示意圖】

1

【集點印花黏貼處】

3

請沿此虛線剪下，將活動卡對摺，黏貼後寄回即可

【聯絡資訊】（煩請以正楷填寫以下資料，以免因字跡辨識困難導致贈品寄送過程延誤）

姓名：＿＿＿＿＿＿＿＿ 年齡：＿＿＿＿ 性別：□男 □女

電話：＿＿＿＿＿＿＿＿ E-mail：＿＿＿＿＿＿＿＿

獎品寄送地址：□□□＿＿＿＿＿＿＿＿

【個人資料蒐集告知事項】為提供訂購、行銷、客戶管理或其他合於營業登記項目或章程所定業務需要之目的，家庭傳媒集團（即英屬蓋曼群島商家庭傳媒股份有限公司城邦分公司、城邦文化事業股份有限公司、書虫股份有限公司、墨刻出版股份有限公司、城邦原創股份有限公司），於本集團之營運期間及地區內，將以 mail、傳真、電話、簡訊、郵寄或其他公告方式利用您提供之資料（資料類別：C001、C002、C003、C011 等）。利用對象除本集團外，亦可能包括相關服務的協力機構。如您有依個資法第三條或其他需服務之處，得洽詢本公司服務信箱faces_service@cite.com.tw請求協助。

□ 我已詳讀權利義務之相關條款，並同意遵守。

黏貼處

【注意事項】
1. 本活動限臺澎金馬地區讀者參與。
2. 參加者務必留下有效郵寄地址，若贈品無法投遞，又無法聯絡到參加者本人，恕視同棄權。
3. 本活動回函卡及活動集點印花影印無效。
4. 抽獎贈品將以郵局掛號方式寄出。
5. 贈品詳細圖片及規格，請參閱臉譜出版公告：http://facesfaces.pixnet.net/blog/post/32278297
6. 臉譜出版保有認定參加者資格的權利與保留最終活動解釋權。

→請剪下印花